李禾同志：

您好。

在西安一见，虽是初识，却如同旧友。春节前后，家事不顺，写作遇到一些困难。您的约稿的事，一直记在心里，总之总觉沉重。及至见到您的信，更觉不安不已，惭愧尤甚了。3月14日，从西安给您发出了拙作《主角篇》。稿子一经发走，我们本是不再过问的，尤其是诗人挚友之间，由于彼此熟悉情况处置，亦不必顾虑其它什么的。前几天见张敏，他说收到您一信，仍在问我的稿子的事，我想您尚未见到稿子，顾虑到是否丢失，所以向您写信询问，只要收到我就放心了。

《信任》侥幸中奖，全属于鼓励的性质。我去年发了几篇小说，很难说好的作品，只是从评的方面作了点试探，同属陈腔老调，少有新意，深感到艺术上进取一步的艰难，也反证了自己确实笨拙。

你的工作不知进展怎样？你在少数民族地区作过长期的基层工作，这是创作上珍贵的财富，相信你一定会写出有生活实感的东西来。话是说，也许是偏见吧，我还是相信生活，从生活的实际体验中体察感受的作品，较之那些胡编滥造的东西，究竟有根本的区别。你的工作可能很忙，在创作中有一个时间的矛盾，我的意见是，在关键的时刻，要一鼓作气冲上去，冲上去就是胜利。把高潮阶段的冲上去走过……总之，盼你完成大作。

近来我已迁新居别。新地址是：请来信寄以"西安市灞桥区毛西乡北西蒋村"即可收到。待新地址一定，我再告你。

祝安健，并向家人问好。

致

敬礼

陈忠实

3.30

李星同志：

3月11日信收到，这几天来，我正在整理那部集子，出版社催得紧，可以送交了。

写创作体会的事，请您原谅，我难能为之。自从学习创作以来，至今我没有写过一篇此类文章，而且准备在近年间仍然坚持此道。请您理解我的意思，不是我故意为难，而是我对于所有省内外的刊物都一律对待——如此而已。您能理解我的心情的。

集子已编好，交给出版社了，十九篇小说，全是近两年来写的，决定以《乡村》作书名，并非对此篇过分偏爱，主要是十九篇小说几乎全部是写的乡村里的人和事。陕西出书的周期在全国大约是最长的一家，需要一年时间，待出书后，送您批评。

《乡村》交给您，随刊物的需要，发在哪一期，没有什么关系的。

再次请求谅解。

祝撰安

致

敬礼

陈忠实

81·3·26晚

李禾同志：

您好。

实在对不起，《文学之路》至今写不出，请容当后日再说。我至今未写过此类文章，请鉴谅。

寄上《田园》一册，请阅示。农村题材被大家写烂了，似乎都挤到同一条胡同里去了，未免出现现在的局面。《田园》试图在内容和手法上作一点新的探求，不知给人的感觉如何了？恭候您的批评意见，盼及时告诉，不吝直言批评。

祝夏安。

陈

敬礼

陈忠实 82.7.10.

李东兄：

您好。这封信到您手时，估计该是新春佳节了。特此向您拜年，恭贺新春愉快、康乐！

在京期间，见到了三卅的文坛名家，欢聚一堂，格外亲切，惜未能见到您。知您已荣任重负，我谨致敬贺。

拙作《矢柳》得您编发，及时予以处理，不胜鼓舞，甚为感谢！

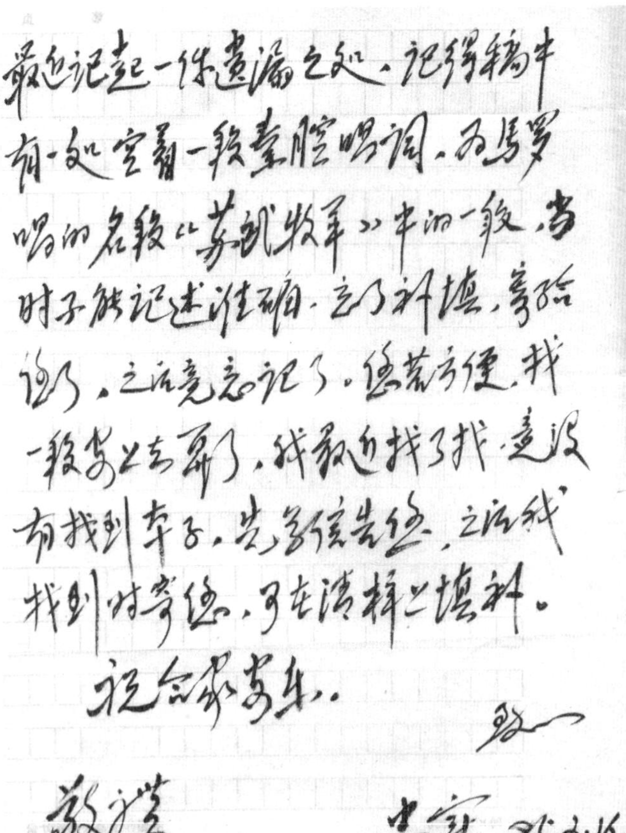

最近记起一件遗漏之处。记得稿中有一处空着一段秦腔唱词，为马罗唱的名段《苏武牧羊》中的一段，当时予能记述准确，之后补填，寄给您了，之后竟忘记了。您若方便，找一段贴上去算了。我最近找了找，还没有找到本子。先写信告您，之后我找到时寄您，可在清样上填补。

祝合家安乐。

致

敬礼

忠实 85.2.16.

李禾兄：

您好。十一月十二日信悉，请释念。

得悉您已脱离繁杂的编辑事务，而能潜心创作，我以为是很好的选择。大作已给编辑部认真阅读过，会有安排的，请放心。一旦定稿，再告之。路上果真，令人欣慰。兰安去医院看病治疗，近来已见好转，但仍不敢掉以轻心，毕竟是那个谈癌色变的坏东西。您的关切，我一定铭记。现陈已脱离《文艺报》，与缪俊杰合编《中外纪实文学》，任付主编，主要是刊摘纪实作家作品，这类有兴趣，也选择其他稿费实施的收入，可以写些纪实文章，与我或徐、王联系即可。

我的那部长篇书稿《白鹿原》历四年多时间，于今年三月初最后脱稿，该经人民文学出版社和《当代》来人取走稿子，已作出具体安排。《当代》于今年六期和明年一期连载，约20万字，因书稿太长，需删近10万字，这已是很够意思的处理了。全书约50万字，由人民文学出版社出书，不做删节，大约到93年六月前后问世。《当代》是双月20日出版，十二月下旬可以看到前半部分，您如有兴趣，可请届时一阅，并希指出毛病。这部书稿他们评价甚高。

《当代》原则删除一些有碍观瞻的描写，没有改变主意，决定选择其中有独立性的几章，以"选载"摘体修饰。我原来想给忠实写信，把他们选择的几个整章在当刊发表，以便于读者阅读，再三考虑，怕给忠实添麻烦，就没有这样做了。忠实若觉得有必要，我可以把明年一期要发的后半部分选择的两个章节在当刊发出，再转在当刊三月号发出，正好接上《当代》一期的出版（2月20日）。如果赶不上，四月也不晚。请忠实定。而前半部分选择的两章无论如何已无法弥补，将来我与当地报纸联系，让他们在周末增刊上发表，这样可以让当地读者可以读到全貌。

人民文学出版社，高贤均信附上，请参阅。高为人文社当书一室副主任。

书稿回西安，聚欢以为幸了。

祝冬安

[illegible]

[illegible]

[illegible]

92.12.5.

李禾同志：您好！

我因事回家了十五天，23日下午赶到出版社，收到您的信，当即赶到您家，但门锁着，第二天又去了一趟，还是未见，得知您已走了。实在遗憾！也实在对不起您！

您的意见，提得很好，我作了修改，不知是否可以，您们收后，若还要修改，再来信吧，我是不怕删改的。（只是文中提到的“鞋耙”，这是陕南农村打草鞋的工具，没有别的话可代替，就保留了原话。）

非常感激您们对我的关怀，我虽经常写些小文章，但的确在各方面幼稚的很，衷心希望您们往后多加指导，使自己进步得快些。

我决心以后尽量多练习写些东西给贵刊，因为陕西、甘肃是邻省，一些风俗习惯差不多。这就多请您多多帮助与培养了。

望多来信！祝您一切都好！

敬礼！

陕西人民出版社
贾平凹
77.9.24晚

西安北大街乙字109号　电报挂号：0425　电話：2-1141

尊敬的李禾同志：

您好！

好久未给您去信了，望原谅。

您到西安，未能见上，十分遗憾。《清油河上的婚事》随后给你们寄去，可否收到？因未见你们来信，心中不免有些焦急，以恐丢失。

今寄来两个短篇，十分粗糙，望您审阅吧。若可以，尽可能刊到同一组，总题：短篇二题。因为每一篇很短，在别的刊物上，如"安徽文艺"、"延河"上都用这个总题。若觉得基础太差，望能退稿。

几时再回西安呢？一定来社指导吧！

盼能经常来信！

祝好！

贾平凹
77.11.28
于西安

李禾同志：

您好！

今寄来习作两篇："炮手"、"开门了"，望审阅。

这都是我在蜂北大队下乡时写的，质量很差，任您们处理罢了。

最近我正在修改一个中篇，精力非常疲乏，而且病了一场，现在好了，准备再写些短的。

还是老话：希望常来信指导。

甘肃文艺，咱这儿作者评论：突飞猛进！好多人说起要给贵刊寄稿，我很是高兴，祝贵刊愈办愈好！

致

礼！

贾平凹
78.4.1

尊敬的李未同志：

近好！因为近期一方面身体欠佳，一方面也由于我的和我爱人的工作调动，很少与外界联系了，所以未去信给您，见谅！但心里还是惦记着您。听陈敏说，您来信说催了我几次稿，一直未见回信，实在是我未收到您的信。我工作已调《长安》编辑部，信件常常丢失，恐怕是遗失了吧。又因为自己一直未写出较好的东西，不敢轻易出手。近期，我好不容易参加了省作协举办的读书会，读读书，充充电，今寄来习作《求医者》，请审。稿子可能写得主题太隐蔽了。但我是想，随着形势发展，文艺作品更需要艺术性了，既说明了问题，又没把柄可抓，又保证了自己发表权，您说呢？但这篇稿子，可能又没说清。我是想说明：当前一些人在四人帮打倒后，对新的领导人寄予很大希望，但过了这几年，好像有失望之感，我觉得这些人本身是不对的，子平同志：

我几乎觉得我永远也不能再给你写信，虽然你没有说什么，但我知道你一定十分生我的气。——可不是吗？三次写信相邀，两次发电报，甚至呼喊"邹志安你在哪里"，我都没有去给你回信。那么，我这个人确实是不够朋友了，不重情义，孤高冷傲，并且连刊物都不再寄送，从朋友、乡党的名单上永远要抹去了……

……我完全能够理解你的心情。从这里也更知道你是一个非常讲感情、重义气的人，正像陕西文学界的同仁们对你普遍认为的那样。

可是，你可曾知道，我当初不给你写回信，是因为心情极坏；后来不给你写信，是因为觉得没有必要解释；我一直想寻找一个见面的机会，那时和你详谈一次……——为什么这样？因为，在你感情邀我的时候，我遭遇了不幸。

我在礼泉挂职期间，抱打不平，批评了一封群信，从这里惹出了麻烦了，一些中层领导人（包括地委的人）串通起来，要把我从礼泉赶走。匿名信一直通到中央，谣言遍布礼泉乡野，我的事断断续续拖一年之久，我们的书信也停止了联络。那时我的心情极为悲观，几乎没有生的希望，没有办法摆脱不幸的人，我在悔恨、苦闷中生活了一年零三个月；当是时我们书信往来的中断住了，我们停止了联系了呀——那时候我真想到中央去告状，直想拿刀子捅她一下。我想一个作家遭受到这时候也如此，一个普通老百姓也就只有死路一条了。当时的心境，现在都不愿意去想去提——这时，我只能活着，而不能答复你的信，我知道我伤害了你的感情，深感内疚。但我同时知道，我当是必须战斗，必须生存，为我的理想，消除烦恼，我应该做到向我的朋友们作解释、道歉，才能继续心情、在时间上达到这种了。

这一切，你知道吗？假如知道了，还会再说我不重友情吗？我希望你可能不会再怪我了。日久知人心。其实我历来是个最重友情的人，最讨厌那些没良心的坏东西，何止言不由衷、不讲情面。

中国作家协会陕西分会

[illegible]热人，也问也们好！

但不要急于讲，我没有及时向你们解释，你应对于几位朋友和乡党一一表达。

我还住在东大院，每月去作协交一次工资。你在生地[illegible]看病，着到女和筹备，在如今上小干部。

时代不允许[illegible]、全面安宁，那就好！

致

激情之敬礼！

[illegible]

元月二十二日

稿子请直接送给本省文化馆的同志转信。又及。

书平同志：

你好！

我今年的境遇不佳，先是我的妻子煤气中毒，继而我的小侄子又死于非命；老母年高，又要我伺奉和安慰……因此一年之中，几乎无心于创作，约写的几个中篇又都一时写不出来。坏运气几年都挤在一起了，这是我的前世罪孽吗……又每每觉得对不住你的恳切之意，——你再四邀我，我竟一次都不能如约！记得你在一封信中呼喊：红[illegible]你在哪里？我为之震撼了。因为信是写给[illegible]，我住在文化馆，加上家里和作协的事情，等看到时日期已过许多，——我已记不清楚我那时是否给你回了信……

我想十几年间，岁月荏苒，我的这些在这

好一下了。《十月》一期发我的中篇《棉的中毒》，就是了我的七篇，目前才有现在的《人生问题》送给你，这不知道是好是坏，请你惠鉴！

《飞天》的能力在这里大家称赞。《延河》的人都说《飞天》这回的刊物一般，真的要飞了。我也为你们高兴。今后如有可能，我将多寄稿子给《飞天》。

祝你们工作愉快、万事如意！

敬礼！

邹志安

1月6日

文学的荣光

陈忠实、贾平凹、邹志安与李禾的书信往来

史鹏钊 著

GUANGXI NORMAL UNIVERSITY PRESS
广西师范大学出版社
·桂林·

文学的荣光
WENXUE DE RONGGUANG

图书在版编目（CIP）数据

文学的荣光 : 陈忠实、贾平凹、邹志安与李禾的书信往来 / 史鹏钊著. --桂林 : 广西师范大学出版社，2021.5

ISBN 978-7-5598-3667-0

Ⅰ. ①文… Ⅱ. ①史… Ⅲ. ①散文集－中国－当代 Ⅳ. ①I267

中国版本图书馆 CIP 数据核字（2021）第 047225 号

广西师范大学出版社出版发行
（广西桂林市五里店路 9 号　邮政编码：541004
网址：http://www.bbtpress.com）
出版人：黄轩庄
全国新华书店经销
广西民族印刷包装集团有限公司印刷
（南宁市高新区高新三路 1 号　邮政编码：530007）
开本：787 mm × 1 092 mm　1/32
印张：8　　插页：8　　字数：128 千
2021 年 5 月第 1 版　　2021 年 5 月第 1 次印刷
定价：58.00 元

序章：文学的黄金时代

20世纪80年代是文学青年的黄金时代。

2018年上半年,《三联生活周刊》原主编朱伟先生推出了一本书，名字叫作《重读八十年代》。我和朱伟先生早在2012年有缘认识，并曾在他的家里聆听过他对自己编辑生涯的讲述。在我心中，朱伟的话始终不多，而那天却妙语连珠，异常善谈。80年代，朱伟就职于《人民文学》杂志社，作为一名小说编辑，他经常骑着自行车从一个作家的家里，到另一个作家的家里，为的就是给杂志约稿。在此期间，朱伟相继结识了莫言、余华、苏童、刘索拉、阿城、格非等一大批作家，并推出了他们最有代表性的一系列作品。

2012年10月11日，瑞典诺贝尔委员会宣布2012年诺贝尔文学奖获得者为中国作家莫言，使得莫言成为中国当代最有国际影响力的作家之一。而第一个经手发表莫言《红高粱家族》的小说编辑，正是朱伟。在莫言的心里，朱伟是最好的文学编辑。他曾经送给朱伟一幅字，写着："沉迷乐海三十年，重返文坛眼更尖。谁能读我二十卷，还是朱伟知莫言。"朱伟的《重读八十年代》出版前，莫言认真看过书稿后称赞道："朱伟先生是资深文学编辑，20世纪80年代享有盛名。这次重新出山，点评小说，思路清晰，目光独到。正可谓听君一席话，胜读两本书！"

编辑家李禾和朱伟一样，都是带着盛情为作家们缝制踏上文学多彩大道的嫁衣。从事编辑行业30多年来，李禾严谨扎实的人文素养，做人耿直坦荡的胸怀，心系文化教育的孜孜追求，都深深地影响着全国的作家群体。尤其是作为陕西乡党，与路遥、陈忠实、贾平凹、邹志安、张敏、白描、京夫、和谷等著名作家交往密切，推出了他们当年的一系列作品，也鼓励他们走上了属于自己的文学道路。

20世纪的80年代，已经过去了40年，这也是改革开放的40年。1980年，全国各地正在轰轰烈烈地进行包产到户时，我出生于除夕夜。早产，老人们都说，我是心急着出来，想吃白面馍馍呢。直到90年代，我上了小学后，学校的读书室里，只有一个柜子，柜子里装满了连环画，有次因下雨房子漏水而打开柜子时，一沓沓的连环画已经被浸泡得透湿。我帮着老师在太阳底下晒书，一本一本，一页一页地翻开，晾干又抚平，也因为这样给了我将那些精神食粮几天内读完的机会。那时候阳光灿烂，我还不知道什么叫作幸福，但是我读完了那些连环画后，我觉得我从小的自卑感如烟消散。

上了中学，我知道了贾平凹，语文课本里有他的散文《我的小桃树》，我知道这名作家生活在遥不可及的西安，他从事编辑工作，也进行创作。我读了路遥《平凡的世界》，至今书的封面上那张路遥的肖像照，仍然是这位伟大作家在我内心的唯一形象。我如饥似渴，晚上点着煤油灯看，白天在数学课堂上偷偷看。我突然觉得，小说的主人公孙少安就是我邻家大哥，孙少平就是我的校友，尤其是秋雨绵绵时，从家里带来的口粮已经殆尽，我饥肠辘辘地站在雨中的学校食堂门口，看着已经有些年月的房檐瓦片上，滑下断不掉的雨帘，大蒸笼上的篮子里，放着被大家戏称为“欧洲、亚洲、非洲”的三种馍，这些馍都是南北两塬的学生从自己家里带来的。而我，只要能吃上黑馍馍填饱肚子就是一件很满足的事情。

如今，我马上要进入40岁，李禾和朱伟所结识的作家，都已经是60岁以上的老年人了，还有许多已经离开了这个世界。这20多年，我从文字作品走进这些作家的内心，或者有幸拜访，每一次都给我以精神的启迪和洗礼。对于现在这个被各种碎片化信息充斥的时代来说，文学的黄金时代又被人怀念和重新提起。尤其是2014年10月15日全国文艺工作座谈会后，“文学”这个不老的话题重新在新的时代被唤醒。

20世纪的80年代已经随着时光的变迁而遥远，莫言、贾平凹等一批80年代崭露头角的作家，如今依旧是中国文坛的中坚力量，他们用自己的作品，书写着中国当代文学史上最丰盈的精神食粮。

文学是时代精神的折射，从80年代包产到户、改革开放到如今，我们通过编辑与作家的交往，通过作家一部部作品的问世，见证了这个历史时代的变迁和前行的脚步。

2018年2月7日，84岁的李禾老师因病去世。听到这个消息，陕西、甘肃和全国其他的许多作家甚感突然，悲伤不已。李禾去世前，留有遗言，不打扰任何人，不举行任何形式的告别会，由自己的儿女一切从简，料理后事即可。李禾老师于1934年出生于陕西渭南，新中国成立之后就读于军事干部学校，毕业后先后在甘肃省委、兰州市委工作。那时候他虽是政府干部，生活很苦，但是对文学事业一腔热血，只要有闲暇时间，不是记录所见所闻，就是收集整理当地的口语、谚语、歇后语和民歌民谣，还写一些小故事、小戏剧。后来凭借着写小说在文坛上稳扎稳打，于1972年走进《甘肃文艺》(后改名《飞天》)编辑队伍行列，后又担任《飞天》杂志小说组组长，工作了整整20年，培养了一大批后来走向文坛的作家。他不仅是个编辑家，出版了《与习作者谈小说写作》一书，系统总结了自己，更是一名作家，创作了在文坛负有盛名的作品，如小说《人生的开篇》《危险年龄》《触摸前面的世界》《贾闲人闲传》，散文集《李禾散文自选集》等作品。

恩格斯曾经说，时代的性格就是青年的性格。李禾于1950年就读于军事干部学校，那是一个闪耀着青春光芒的时代。军事干部学校曾经令数十万青年学生改变了人生的轨迹，走向了一代芳华。李禾喜欢读书，从小受到家庭的熏陶。李禾的父亲叫李敬泰，生于1901年的腊月，

1923年考入上海大学社会学系，就在这年，伟大的马克思主义者，卓越的无产阶级革命家、理论家和宣传家，中国革命文学事业的重要奠基者之一瞿秋白担任了教务长兼社会学系主任。李敬泰1925年入党后，由李大钊培训并指派开展工作。1928年参加渭华暴动，失败后与党组织失去联系，继之被特务跟踪迫害，辗转于西安、同州、华县、汉中、安康、蒲城、渭南等地，从事教学，并在学生中开展进步活动，曾担任中学教师、校长等职。1949年以后，历任西北军政大学政治教员、长安一中副校长、长安二中校长、《教师之友》编辑、陕西省图书馆历史文献部主任等职。并著有纪实小说《大旱度日记》，诗词《解脱集》及《一个老教书匠的老日记》《西安方言俗语汇释》等。李敬泰和李禾还合作撰写了《秦陇谚语歇后语集萃》《曾经的三秦歌谣》等著作。

李禾走了，他一辈子多工作在河陇明珠兰州，人终老而归宿于三秦大地。就在他去世的当天，消息已在众多文学圈传遍，哀思一片。当时正值新春，甘肃省文联新春团拜会正在进行，会场上听到确切消息后，多人悲伤不已。一级作家、著名诗人、甘肃省原作协主席高平曾经撰文说，当时在团拜会上，听到这个比他还小两岁的兄弟走了，热泪涌眶。李禾于2006年回兰州与大家相聚时是最后一面，高平曾随口《题赠李禾》："关中才子名门李，世态与君心共知。同事一场情似酒，长安西望犹依依。"这首古体七绝还念念不忘，以表送行之忱。

李禾退休前，是甘肃省作协驻会副主席，在此之前，他是《飞天》杂志社小说组组长。《飞天》杂志最早源自1950年8月由甘肃省文联（筹）文学工作委员会创办的《甘肃文学》月刊。1954年底，甘肃省召开第一次文代会，甘肃省文联正式成立。1957年1月号改刊名为《陇花》。1958年8月，甘肃省文联与省文化局合署办公，成立了单独建制的中国作家协会兰州分会。9月，《陇花》更名为《红旗手》，由兰州分会主办。1961年，中国作家协会兰州分会与甘肃省文联合并，10月，《红旗手》改为《甘肃文艺》。1966年"文化大革命"骤起，刊物于6月号出版后停刊。1973年由甘肃省群众工作室调集编辑和部分作者，经过一段时期的筹备，恢复并主办了《甘肃文艺》。就是在这一时期，李禾走进了编辑部，开始了自己的编辑生涯。1978年1月号起，刊物改为月刊。1978年底，甘肃省文联和中国作家协会甘肃分会恢复，《甘肃文艺》重新划归甘肃省文联主办。1981年更名为《飞天》沿用至今。

李禾的文学编辑生涯里，发现和扶持了许多文学名家，组织多达22次文学创作培训班，培养了许多英才，他就是这样甘愿一辈子为他人做嫁衣的人啊！

2018年8月中旬，我和著名作家和谷先生在微信上聊起李禾时，和谷先生直言：白净，瘦削，鸭舌帽，笑眯眯，编发过我的诗文。重情义，为人好，与忠实、平凹、张敏等来往甚多。李禾爱才，惜才，善友。退休后，李禾回归故乡，在西安长期居住。2017年2月，影视人王海宁曾经在作家张敏的带领下，去李禾老人的家中拜访。后来王海宁撰文说：自李禾老师开家门的那一刻，我就深深感动了。张敏老师毕恭毕敬地给李禾老师行了一个礼，这个礼是中国传统的师生之礼，更是学者之间尊敬又崇高的礼。他们落座后一阵家长里短的问候，并没有相互恭维，而是真实的、真切的关心关爱。对于张敏老师能看望自己，李禾老师真是分外激动，更多的是有喜悦难耐之感。两人都是不服输、不服老的文艺者，在文学上更是探讨和取经，回忆和争论。文学是他们这大半辈子最爱的红颜知己，文学也是他们生命历程中浓浓的佳酿。他们谈论起来，让我这文学海洋里的小白一下子觉得船心失衡，有种另类存在之感，就不参与其中，自顾在李禾老师书房翻翻看看。李禾老师家书香墨浓，他的谈吐更是惊人，对文学对文化对人文真是识见独到。李禾的书房里架架珍贵资料，相册中张张文豪墨客，馈赠中本本名家大腕。

看着王海宁的文字，我想起了陕西文坛的张敏老先生。1994年7月，他任陕西省作家协会《延河》文学月刊社文学创作培训部主任，正式踏上文学创作道路；1995年7月，出版诗集《商州·白沟》；1996年5月出版短篇小说集《流浪的灵魂》。在《延河》杂志社工作期间，组织过3次全国性的文学活动“华山笔会”，主编出版过《延河》增刊等5部青年文学作品集；陕西作协成立陕西省文学创作研究会后，任副秘书长等职务。张敏老先生曾走遍了大江南北，游遍了名山名水，学过农、学过医，做过工人，当过兵，做过编辑，当过编剧，做过导演，拍过电影电视剧。听说已过知天命之年的他，不仅能驾驭各种文体且有旺盛的创作力，依然每天能写上万字。影视导演惠东曾经这样描述过自己的前同事加老友：电影《错位》的剧作家，陈忠实的死党，张艺谋的密友，高建群的挚友，贾平凹的伙计，陕西文坛的“作家班班长”。中篇小说《天池泪》《黑色无字碑》《感君情意重》，长篇小说《死巷》《悬念乾陵》《长安大乱》，电影作品《错位》《神秘旅游团》，电视剧作品《风流大市场》等，都是他的作品。

李禾在《飞天》杂志社工作期间，鼓励和扶持众多文学爱好者走上了文学的道路。一级作家雪漠曾在作品中写道："80年代初期，文学是很热的，几乎所有的老师都爱看书，我买来的那些文学杂志，就成了学校的公物，大家传来传去，传不了多久，就都翻烂了。就是凭借这些杂志，身处偏僻农村的我，跟当时的文学界保持着联系，看书和杂志，成了那时我最美的人生享受。我发表的第一部作品是《长烟落日处》，它是我的处女作，也是我生命中第一次真正的灵魂喷涌。……那稿子，我不经修改就寄给了冉丹，冉丹看了，推荐给了《飞天》小说组组长李禾和主编李云鹏。他们看后大为赞叹，马上就配了评论，在1988年第8期的《飞天》杂志上发表了。不久，那小说就得了甘肃省优秀作品奖。一夜之间，我就从一个名不见经传的文学青年，变成了甘肃省青年作家，也实现了我的第一个预言——25岁在甘肃成名。所以，我一直把冉丹、李禾、李云鹏当成我文学生涯中非常重要的三个贵人，他们在创作技巧方面点拨过我，我很感恩他们。"

就是在一次偶然的笔会上，雪漠幸运地见到了《飞天》杂志的编辑李禾，于是他们结下了深厚的忘年之交。

随后，在多年的书信交流中，雪漠得到过李禾在小说创作技巧方面的点拨和指导。雪漠逐渐成长，而当年正处壮年的李禾也已步入了古稀之年。曾有一次，雪漠在和李禾闲谈时，聊起作家找不到写作素材，李禾说，那些作家为什么不去写身边的生活呢？他是没有发现，还是他拒绝了？李禾老师说，有些人是没有发现，他感受生活的能力不强，心灵到不了那个层次，他发现不了；有些人，虽然发现了，但把扑面而来的生活拒之门外了。

陇西人李新立曾在《行字难以尽师恩》里撰文说，1988年国庆节后，在工艺美术厂上班的他，突然接到县文化局电话，让他去陇西的市文联，他第二天一早将零用钱装在上衣口袋里，暂时不用的钱叠在一起，踏在鞋垫内，然后搭乘了一辆出差拉货的汽车跑了去。原来是市上开笔会。李禾不但给他破例报销了车票，而且还提前支付了返程的。陇西之行后，李禾对李新立更是关爱有加。李新立说，1990年9月，他收到来自省城兰州的信，信件是直接写给单位的，说是10月上旬在陇西召开笔会，要求“贵单位李新立按时参加”。李禾为了不让任何一个文学苗子放弃，给参会者所在的单位还写了信，可见李禾的良苦用心。直到今天，李新立还忘不掉那个“说一口陕西方言、头发灰白、身材清瘦、精神矍铄的李禾老师对我的关怀和鼓励，一直牢记在心头”。因为有了老师当年的鼓励和栽培，今天他的作品已满地开花般在全国文学刊物上刊发和获奖。

还有一位作者说，20世纪70年代末，他在写作的道路上，犹豫、徘徊、烦恼、流泪，甚至把一页页改了又改的初稿撕得粉碎……无论多么努力，对他来说也只是一个梦。突然有一天收到一封来自《飞天》杂志的信。信是小说组编辑李禾写的。他询问作者最近有没有坚持创作，说欢迎作者有空到编辑部来坐坐。还把一个喜讯传给了他：省作家协会要组织作家去采风，让他力争参加，作者“捧着信笺的双手不停在抖，泪水顺着脸颊一滴滴地往下流”。经过李禾的鼓励，作者不再徘徊犹豫，不再埋头苦思，拿着自己的作品四处向老师们请教，且开始关注身边的人和事，学会了动笔前的深思和打腹稿，还经常听文友们谈创作体会，取他人之长补自己不足，并给了自己无尽的创作灵感。80年代初，他创作的小说发表在《金城文艺》创刊号的头条，紧接着《飞天》杂志一年内刊发了他的三篇小说，其中《月光照着的小路》上了头条……

著名作家墨白，小说家，剧作家。1984年开始在文学刊物上发表作品，1992年担任文学杂志编辑，1998年开始专业创作，至今创作短篇小说《失踪》《灰色时光》等100多篇，中篇小说《黑房间》《告密者》《讨债者》等40余部，长篇小说《梦游症患者》《映在镜子里的时光》《裸奔的年代》等6部。创作电视剧、电影《船家现代情仇录》《特警110》《特案A组》等多部。2010年4月，作家墨白在《颍河镇与世界的关系》一文中说：记忆里的那个远去的深秋，我还在故乡的小学里任教。在寂寞、孤独而冗长的乡间岁月里，我开始用文字构造颍河镇，然后把我创作的小说通过邮局寄出去，因为小说，在后来的岁月里我有幸和《当代作家》的周百义,《电视·电影·文学》的孙建成,《漓江》的鬼子,《莽原》的钮岱锋和李静宜,《大家》的马非,《山花》的何锐、李寂荡和冉正万,《芙蓉》的龚湘海,《十月》的赵兰振诸位先生相识，他们都是我中、长篇小说的责任编辑。还有《长城》的艾东、赵玉彬,《峨眉》的唐宋元,《飞天》的李禾,《山西文学》的星星,《人民文学》的朱伟,《小说林》的何凯旋,《江南》的谢鲁渤、简爱,《东海》的王彪,《黄河》的谢泳,《作品》的温远辉,《四川文学》的冉云飞,《上海文学》的徐大隆等诸位先生，虽然他们也都编过我的中篇小说，可我们至今仍然无缘相见，这让我常常心生遗憾。多年以来，我都对编发过我小说的各个文学期刊的老师们心怀感激之情，可是，我一直没有机会对他们表达我的这个心愿。现在，我在这里向为我付出过辛勤劳动的编辑先生们深深地鞠上一躬……

目 录

第一章

『牛肉泡馍派』陈忠实

“牛肉泡馍派”是李禾送给陈忠实的雅号。作为中国当代文学巨匠，陕西的自豪和骄傲，陈忠实从事文学创作50多年来，始终深入生活、扎根人民，写出了大批接地气、贴民心的优秀作品。他一生不为名利所动、不为浮华所惑，平心静气、潜心创作，以不朽之作《白鹿原》擎起了“文学陕军”的大旗。

第一节　平凡的岁月

李禾和陈忠实先生是至交，几十年来相互提携，为人为文，传为佳话。30多年前，编辑李禾曾经写过一篇文章，叫作《“牛肉泡馍派”陈忠实》，原文如下：

20世纪80年代前后，文坛上正是乱花暂欲迷人眼之时，各种旗号林立，竞相称雄，陈忠实无旗无号，朋友们却称之为“牛肉泡馍派”。

陈忠实是关中灞桥人，“灞柳伤别”这一典故向来为文人传诵，给这块土地抹了一笔浓浓的诗情，但陈忠实缺乏这种浪漫色彩，他只写小说、散文，不写诗，作品溢满八百里秦川的泥土味儿，质朴而无矫饰。那阵儿，他在一个偏远穷困的公社当书记，写文章是“牛肉泡馍派”，生活上却享受不起牛肉泡馍，他抽黑棒子烟，喝苞谷面糊糊，每月薪金42元，他只能在作品里注入牛肉泡馍味儿。

关中人之所以喜欢吃牛肉泡馍，盖因民性热诚厚道，纯朴刚直，说话直来直去，做事死认真，喜欢实打实，讨厌虚套套，一是一，二是二，一锤子下去总要砸个窝窝。身为“牛肉泡馍派”的陈忠实，作品如此，为人行事也如此。

那时候，我在甘肃《飞天》杂志当编辑，就找陈忠实约稿。他是大作家，长相却如老农民，深目隆鼻，满脸皱纹，似犁沟般于田陌纵横交错，一笑，犹如菊花绽放，那里面播种的当然是灵感的种子。

初相识时，总见他一身农民装束，沾星星点点的泥土，仿佛刚刚从地头走来，每次话别，他总是厚道地叮咛：“你若来西安，别到灞桥找我，太远咧！只要托人捎个话，我就进城来看你。”

我向他约稿，他慨然应允说：“行哩！我保证每年给咱的刊物专门写一篇，绝不拿退稿搪塞。”果然，此后确未爽约。不幸的是我太粗心太自以为是了，一次错排了一段，又斗胆删去了一段，事后向他致歉解释，他却说：“没啥没啥，你老兄咋样改都行哩！”一脸的谦和厚道，反而让我越发的过意不去。

陈忠实后来名气越来越大，却仍旧只记得自己是乡里人，不把自己划在文人圈子里。一次我们相约去郊区看望作家张敏，两人骑着破车子，边走边谈得热火，他忽然

"哎呀"一声跳下车，我吓了一跳，不知出了什么事。只见他匆匆钻进路旁一家食品店，少顷，拎了一封红纸帖儿的点心包包走出来，我笑他过于拘礼了，他正色道："咱是乡里人嘛，乡里人有乡里人的规矩。张敏屋里有老人和娃娃，不提点心包包就上门，人家笑话哩！说咱不懂礼性哩！"我顿时大悟，怪道他将关中的习俗写得活灵活现，不见造作肤浅，使人读了如入其境，原来是文如其人，人如其文啊！

90年代前后几年，陈忠实忽然销声匿迹了，几次约请他去敦煌一游都不见应承，我以为是关中人怕出门的保守。不承想，忽地出了一本《白鹿原》。出一本砖头厚的书是陈忠实青年时代的梦，书厚如砖其实没啥稀罕的，但作品内容扎实得真像砖头，一下子赢得读者的青睐，读了，犹如吃了一碗"牛肉泡馍"。

就在这年9月，陈忠实率领陕军中的赵熙、王愚、郭京夫、王晓新等众多作家，应甘肃奇正公司之邀赴甘南访问，其间曾在兰州签名售书，先在颇具知名度的新知书店，后来又赶到半间席棚的兰登书屋。屋小人挤，陈忠实虽满头大汗，但对读者有求必应。事毕，有读者手持《白鹿原》，半路上截住陈忠实要求签名，他笑吟吟掏出笔，谁知刚刚翻开书就变了脸色，“唉！唉！”他叹息地说，“这是盗版嘛！看看，把我的照片印得我都认不出来咧！错字多得念不下去。对不起！对不起！不签，这种书不签。”一瞬间，关中人的倔劲儿就冒了出来。及至忙活到夜晚，正要与等待已久的朋友们聚谈，一女记者却尾随而至，非要他返回招待所，以便单独采访，他抬脚就走，朋友们不悦，说这记者太没有礼貌太不懂事了，责怪他“太心软太好说话了”。他连连告罪说：“莫怪莫怪。人家女娃娃跟了多半天了，咋好意思拒绝呢？咱不能让人家失望嘛！”大家就笑骂，说他活脱脱像白鹿原上出来的那种温良恭俭让的人。

陈忠实就是这样的“牛肉泡馍派”，这称号可谓老字号，风味独特，有口皆碑。

在我看到李禾先生生前保存的陈忠实写给他的这30多封信时，我的内心涌动了起来。这30封信，见证了陈忠实先生辉煌而又被琐事缠绕的时期。

1942年8月3日，农历六月二十二日，在白鹿原北坡下的西蒋村，一个叫陈忠实的男娃出生了。就是这一年，从白鹿原出函谷关进入河南，境内百姓正遭受着恐怖的大饥荒，久旱无雨，绝收的庄稼又遭受了蝗灾，难民沿着铁路线四处逃难。

1938年黄河改道，形成了一片长达400多公里的黄泛区，致使河南东部平原的万顷良田，变成了沙滩河汊，无法耕种。据《河南省志》记载：1942年，全省各地普遍"大旱""秋绝收"："安阳苦旱，二麦未收，秋禾盈尺又未结实；淇县山丘颗粒未收；洛宁二麦收成不佳，早秋旱死，晚秋未出土。"

1950年春季，8岁的陈忠实在西蒋村初级小学开始读一年级。1953年春夏初小毕业后，在蓝田华胥镇油坊街开始了完小两年的借读。

直到1957年，15岁的陈忠实在位于今天西安市东韩森寨的第36中学上初二时，读了文学课本上赵树理的短篇小说《田寡妇卖瓜》后，突然就有了写作的冲动。喜欢文学的他，偷偷地写了一篇小说《桃园风波》，得到了老师的肯定。从此，他作为一名文学爱好者，走上了文学之路。多年后，陈忠实曾说："我这一生的全部幸与不幸，就是从阅读《三里湾》和这篇小说的写作开始的。"直到半个世纪之后的2015年，业已成为中国作家协会副主席的陈忠实，还深情地忆念道，在阅读《三里湾》后，“我随之把赵树理已经出版的小说全部借来阅读了。这时候的赵树理在我心目中已经是中国最伟大的作家，我人生历程中所发生的第一次崇拜就在这时候，他是赵树理”。

赵树理生于1906年，比陈忠实大了36岁。赵树理的创作活动自20世纪20年代末开始，1930年首次发表了反映农民生活的短篇小说《铁牛的复职》，1943年发表了其短篇小说的成名之作《小二黑结婚》。他的小说情节生动，故事性强，善于通过故事人物自身的行动和语言来展现人物性格。陈忠实先生后来在接受曹可凡采访时曾说：“激发我写作的，实际上是赵树理，上初中二年级读《田寡妇卖瓜》，他写的短篇小说，很短。我当时就很惊讶，赵树理写农村那些事很生动，文字也很生动，他写的这些事，这些生活情节，我在生活中差不多都经历过。”

他还说：“那些事情我都经历过，所以很惊讶，这些东西居然能上书？这些东西如果能上书，能写出来文章，那么我也可能写，接着就在作文本上写小说，就这么快。”后来，陈忠实就在作文本上写了《桃园风波》，这篇小说作为习作，虽然没有发表，但是老师评价很高，那个时候是五级计分制，老师打了五分还不行，在五字右上角还打了一个“+”号。

1958年9月，正上初三第一学期的陈忠实，遇上了“大跃进”，学校停课，学生和老师们都去灞河边上洗铁砂炼钢去了。陈忠实一边参加劳动，一边在心里打着写作的腹稿。11月4日,《西安日报》上刊登了一首五言诗歌，题为《钢、粮颂》，这是陈忠实的文字变成铅字，刊登在公开发行报刊上的第一篇文字。虽然这首五言诗歌只有四行，二十个字，但是更加激起了他创作的激情。

1959年，17岁的他，正在读初三。就在这一年的4月，柳青的长篇小说《创业史》第一部《稻地风波》在陕西省的文学刊物《延河》4月号上开始连载，11月时连载结束。陈忠实节衣缩食，把父亲给的两分钱的咸菜钱硬生生从口里节省下来，买了《延河》，一遍遍地读《创业史》。上高中后，他先后读了茅盾先生的《子夜》，巴金的《家》《春》《秋》三部曲等小说。

1962年7月，20岁的他高中毕业。经过毛西公社推荐，陈忠实在西安郊区毛西公社蒋村初级小学任民请教师，劳动报酬是大队每月给记工分。两年后，他又被调到公社的农业中学去当教师，身份还是民请。后来，他又被接到毛西公社工作，在此期间，他在《西安晚报》、《西安日报》、《陕西文艺》(1977年7月恢复刊名《延河》)等报刊上不断发表散文等题材作品。直到1973年5月，31岁的他终于由民请教师转为国家正式干部，彻底解决了工作身份问题，也就是在这年,《陕西文艺》发表了他人生的第一篇短篇小说《接班之后》，不仅发表了，而且还是头条重点推荐。美术编辑王西京还插了图。

1975年，33岁的他，已经成为活跃于文坛的青年作家。就在那年的11月中下旬，陕西省文艺创作研究室召开全省短篇小说创作座谈会。陈忠实和王汶石、杜鹏程等作家一起，作为辅导发言代表参加了会议。

1978年4月，中国作家协会西安分会恢复。36岁的他，工作调动到西安市郊区文化馆工作，并被任命为文化馆副馆长。也就是在这年的10月，陈忠实加入中国作家协会西安分会(陕西作家协会)。

1979年6月，陈忠实短篇小说《信任》发表在《陕西日报》，后来《人民文学》1979年第7期予以全文转载，还被《青年文学》创刊号转载,《中国文学》以英、法文介绍给世界，美国《中国当代文学作品选》收录，还被翻译成日语出版，并获1979年全国优秀短篇小说奖。这年的9月，陈忠实、贾平凹等7人加入中国作家协会。

我见到的第一封陈忠实写给李禾的信，是1980年3月。20世纪80年代，手摇电话机、轮盘拨号电话机问世，在那个年代，也只是机关单位才有。普通人家的座机电话少之又少，有电话也成了当时身份和地位的象征。书信年代的“鸿雁传书”是人与人之间最亲切、最常用的联系方式，未能谋面的人们靠着洋洋洒洒的几页书信，传达嘱托，交流感情。我一页页地读完陈忠实写给李禾的信，陈忠实的真情也是跃然纸上，墨香散发。

直到20世纪90年代，电话逐渐普及起来，人们大多都是通过电话交换意见，书信也越来越少。再到后来，互联网神速发展，提笔写信的事更是变得越来越奢侈，丰富多样的交流方式也是层出不穷，迭代升级。但是谁又能感受到书信中质朴的情感和动人的故事呢。

1978年，陈忠实的短篇小说《南北寨》发表于当时还叫作《甘肃文艺》的第12期。1979年12月，他的短篇小说《立身篇》写完。1980年初，作为老西安人的李禾，回乡探亲，并与自己的几个作者见面，这是陈忠实第一次见到李禾。2月13日，李禾给陈忠实写了封信，并寄了刊物。陈忠实随即复信，信中写道：

李禾同志：

您好。

二月十三日信及所惠寄的一期刊物收到，谢谢。在你的家里见了后，很荣幸地结识了。

春节前后，我的爱人突然病倒，一月多来，我的学习和创作基本停辍了，思想颇多负担。近来病情大有好转，我的精神也基本解脱。所应诺的稿件推迟至今，让你催促，实在有愧，望鉴谅。稿子交给你，由你处置。我最近在家，未能上班，加之郊区重新区划，乱，亦不能干事。新区划后我可能回归灞桥区，一时地址不定，请尔后来信落“西安郊区毛西公社西蒋村”，待新区划一定，再告你新的通信地址吧。

祝撰安。

忠实

3.12

就在这时，有一条好的消息，就是陈忠实的短篇小说《信任》经《人民文学》转载后，在国内引起很大反响，并获得了第二届全国优秀短篇小说奖。这个消息，是《人民文学》的编辑向前写信告诉他的，说《信任》已经荣获1979年度全国优秀短篇小说奖。那时候的评奖，评委是读者，是以读者投票的方式，按照得票数量排名来确定的，能获得全国性的文学奖项，陈忠实心里无比高兴，这也说明他的作品已经得到全国读者的认可。

坏的消息，就是自己的爱人突然病倒，他在给李禾的信中，也说了一下，爱人是家里的顶梁柱，突然病倒，他的思想负担也大了起来，也没有了心思去构思创作，就在家里照顾起家人来了，加上他所在的市郊区要重新区划，许多工作处于搁浅状态。

获得第二届全国优秀短篇小说奖的共25篇，除陈忠实的《信任》外，还包括《乔厂长上任记》（蒋子龙）、《小镇上的将军》（陈世旭）、《剪辑错了的故事》（茹志鹃）、《内奸》（方之）、《李顺大造屋》（高晓声）、《彩云归》（李栋、王云高）、《我们家的炊事员》（母国政）、《阿扎与哈利》（樊天胜）、《记忆》（张弦）、《悠悠寸草心》（王蒙）、《谁生活得更美好》（张洁）、《战士通过雷区》（张天民）、《蓝蓝的木兰溪》（叶蔚林）、《话说陶然亭》（邓友梅）、《因为有了她》（孔捷生）、《我爱每一片绿叶》（刘心武）、《我应该怎么办？》（陈国凯）、《重逢》（金河）、《罗浮山血泪祭》（中杰英）、《办婚事的年轻人》（包川）、《空谷兰》（张长）、《雕花烟斗》（冯骥才）、《独特的旋律》（周嘉俊）、《努尔曼老汉和猎狗巴力斯》（艾克拜尔·米吉提）。这些文学作品大多来自《人民文学》《北京文艺》《十月》等，来自地方报纸的只有陈忠实的《信任》。《信任》的获奖，坚定了陈忠实的文学信念。《信任》中主人公用宽广的胸怀对待曾经整过自己的人，卓有远见地化解了阶级斗争造成的人为矛盾，为解决农村的现实问题提供了有益的借鉴。

这次颁奖大会，陈忠实没有参加。2018年，我在《中国政协》2018年第13期读到《努尔曼老汉和猎狗巴力斯》作者艾克拜尔·米吉提先生写的《春风吹来——忆改革开放初期文坛二三事》。艾克拜尔·米吉提是来自新疆的哈萨克族人，生于1954年，1982年加入中国作家协会，先后担任过数家文学刊物的负责人。如今65岁的他，在撰文中回忆了25岁时在京参加颁奖仪式的活动，全文如下：

1980年的3月，我来北京参加1979年第二届全国短篇小说奖颁奖大会。临行前，在乌鲁木齐就听说我已被第五期中国作家协会文学讲习所录取。这事让我既有些意外，又感到高兴。

颁奖大会期间，我们住在向阳一所（现在叫崇文门饭店），这是专为全国各地前来瞻仰毛主席遗容的代表而建的，在人民大会堂参加颁奖活动之余，便在向阳一所马路对面的新桥饭店参加了几次座谈会。那时候，媒体不像现在这么发达，参加这些活动和座谈会令人耳目一新。正是借着党的十一届三中全会的春风，文艺界迎来了新的春天。大家都在热议，如何把思想从“四人帮”的禁锢和“文革”期间设定的种种禁区中解放出来，让文学创作充满活力。在这些活动和座谈会上见到的许多人，以前只闻其名，在这里却见其人，真正让我将其文其人对上了号。一种自信便陡然而生。座谈会期间，大家私下谈论的话题，往往是又有什么人已经落实政策回到了北京，工作安排在哪里，职务是不是恢复，工资是不是补发过，子女是不是随调进京，等等。到处洋溢着百废待举、百业待兴的态势。春风吹来，拂面而至。

颁奖活动一结束，蒋子龙、陈世旭和我几位获奖作者便被接到了文学讲习所。其实，自20世纪50年代初期由丁玲提议创办文学讲习所以来，共办过四期，那时鼓楼东大街52号是学员宿舍，103号是校部和食堂，学员一日三餐要到这里进餐。丁玲不常到讲习所来，这里的日常工作由诗人田间主持。1957年“丁陈反党集团”被“定性”后，文学讲习所也就停办了，那个王府大院便逐渐变为文化部所属单位的大杂院，里面住满了人家。经过十年“文革”，尤其是经过唐山大地震后，院内更是盖满了名曰“防震棚”的各种小棚屋，已无可能退还给文学讲习所。于是，恢复办学的文学讲习所，临时租用了朝阳区党校的校舍办学。朝阳区党校在静安庄，是一个独门独户的小院子，一进校园有一个小小的开阔地，迎面便是一个T字形的青砖瓦房，简陋得不能再简陋、朴素得不能再朴素了。周边则是一个小村落，附近有几座针织厂，而校园背后是一片菜地，一直延伸向远方。这环境和任何一座小县城毫无二致（现在已经变得一派繁华），我们就是在这样的环境中开始了学习。

文学讲习所简称文讲所，我理解或可沿袭了当年毛主席在广州举办的“农民运动讲习所”之名谓。文讲所的特点就在于没有院校系统的各科课程设置，讲座和专题报告一个连着一个。做讲座和专题报告的人，都是各路专家学者、大学教授、部委领导、前辈作家、资深编辑，等等。他们各自都有一套成熟的思路，仁者见仁，智者见智，听罢讲座，令人茅塞顿开。我记得冯其庸和周汝昌都来讲过《红楼梦》。当然，关于《红楼梦》，日后还会有更多的作家和学者著书立说，各为其美，只是研究方法和切入点都不尽相同。这也说明，《红楼梦》是一部读不尽道不完的百科全书式的鸿篇巨制，对中文写作有着不可替代的影响力。

那时候，“伤痕文学”正在淡去，代之而起的是“反思文学”，而“改革文学”正在兴起。这也是和十一届三中全会以后打开国门、改革开放的大趋势相吻合。文讲所同学们之间，几乎每天都在讨论新的文学现象，每逢一篇有影响力的新作问世，同学间都会相互传阅，相互交流。当然，更多的时间，同学们都在伏案疾书，创作新作。虽然四人一间，条件简陋，但是这并不影响各自的创作。其实，真正的作家只要铺得开一张稿纸，有一支笔就可以投入创作（现如今，只要有一台手提电脑，插上电源就可以创作）。在第五期文讲所学习期间，同学们创作完成了一批有影响力的作品，比如后来改编为电影《芙蓉镇》的原作《爬满青藤的木屋》等。我自己的短篇小说《哦！十五岁的哈丽黛哟……》《遗恨》等，也是创作于这期间。

当然，改革开放、打开国门的最早受益者群体之一，我认为是一批“文革”后复出的资深作家和新时期早期涌现的中青年文学新人。他们通过不同渠道能够最早读到“文革”前作为“内部资料”的苏欧文学译本（黄皮书）和最新出版的前卫文学作品。现在看来，当时许多作家的作品，几乎都能找到影响他们创作的苏欧作家作品范本，甚至个别作家后来被学者指认为直接大段抄袭了某些外国作家的作品，引起学界争鸣。这也是新时期文学难以逾越的历史鸿沟和不争的事实。新时期的文学，正是由此一步步走向成熟、走向高原。

朝阳区党校附近的香河园有一座造纸厂（现已成为住宅区），每到傍晚，就会释放出难闻的气味，虽然令人不爽，但还是挡不住我们三三两两地走出朝阳区党校院子，到附近散步。路两边长满了深深的杂草，稀稀拉拉地有一些远近的民居，路也坎坷不平。陈世旭刚刚从九江归来，他向我们笑谈九江之行的新遇。他说，在九江遇到几位老人，他们见了面就说："小伙子，听说你写了一篇《镇上的小将》，还获了全国奖，不错不错。"陈世旭和我同获1979年全国优秀短篇小说奖的作品名是《小镇上的将军》，我们听罢一个个捧腹哈哈大笑，造纸厂释放的难闻气味在我们的笑声中也不知不觉烟消云散了。

“改革文学”的开山之作是《乔厂长上任记》，作者蒋子龙是我们第五期文讲所的学员班长，他后来又发表了《一个工厂秘书的日记》等一系列“改革文学”作品。可以说在改革开放初期独执牛耳，震撼文坛，一再获奖，从某种意义上成为社会的聚焦人物。但是，随着国有企业大批转制，下岗工人大批增加，面对这一切，蒋子龙笔下的乔厂长们也始料不及，无可奈何了。这就印证了文学的特点：有时候文学走在时代前面，引领时代；有时候文学会和时代同步，甚或滞后于时代，陷入困惑与迷茫。这便是“改革文学”步入20世纪80年代中期以后，后劲不足的客观历史原因。代之而起的是“知青文学”“寻根文学”，乃至“后现代主义”文学等等。2008年，我接任《中国作家》主编后，编辑部接到蒋子龙的长篇新著《农民帝国》，编辑部内对此作有不同意见。我认真拜读以后，为蒋子龙的艺术探索精神深深触动，当下拍板在文学版分两期连载。我认为，蒋子龙来了一个华丽转身，让那些把他定格为工业题材作家的人大跌眼镜。《农民帝国》写的是几十年的农村生活，从旧中国到新中国，大起大落，风云跌宕。他以笔做利刃，将中国的农村丝丝缕缕做出犀利的剖析，令读者顿悟和释然。此作获得了“第二届中国作家鄂尔多斯文学奖”大奖，也是实至名归。

现在回想起来，在我们第五期文讲所学员中，不经意间出现了许多代表新时期文学的顶梁作家和扛鼎之作，这一切将会由文学史去一一叙述。我作为这一期学员之一，深感荣幸和自豪。历史往往就发生在你我身边，四十年改革开放历史，也是我们共同走过来的。

读完这篇文章，不免让人想起40年前的文学和时代。

1980年3月30日，陈忠实又给李禾写了封信，说了《信任》获奖的事情，问候了李禾创作进展事宜。内容如下：

李禾同志：

您好。

在西安一见，虽是初识，却如同旧友。春节前后，家事不顺，写作遇到一些困难。你的约稿的事，一直记在心里，愈久愈觉沉重，及至见到你的信，更觉应人事小，误人事大了。三月十四日，从西安给你发出了拙作《立身篇》。稿子一经发走，我向来是不再过问的，尤其是熟人挚友之间，由你们酌情处置，而不必顾虑其他什么的。前几天见张敏，他说收到你一信，仍在问我的稿子的事，我才知道你尚未见到稿子，顾虑到是否丢失，所以向你写信问询，只要收到就放心了。

《信任》侥幸中奖，多属于鼓励的成分。我去年发了几篇小说，很难称为作品，尽管从许多方面作了点试探，均属陈腔老调，少有新意，尝试到艺术上进取一步的艰难，也反证了自己确实笨拙。

你的大作不知进展如何？你在少数民族地区做过长期的基层工作，这是创作上十分宝贵的财富，相信你一定会写出有真情实感的东西来。说真话，也许是偏见吧，我还是相信生活，从生活的实际体验中体察感受的作品，较之那些胡编冒捏的东西，究竟有根本的区别。你的工作可能很忙，在创作中有一个时间的矛盾。我的想法是，在关键的时刻，要一鼓作气冲上去，冲上去就是胜利，把前瞻后顾放到冲上去之后……总之，盼你完成大作。

近来郊区重新区划，新址未定。请来信落“西安市灞桥区毛西公社西蒋村”即可收到。待新址一定，我再告你。

祝安健，并向家人安好。

致以

敬礼

陈忠实

3.30

写完这封信，一直没有收到回音，加之西安市郊区中心区划，陈忠实还是担心所有的信件因为搬家收不到。陕西作家张敏更是文坛奇人，天下谁人不识君啊。有人说，他是陈忠实的死党，张艺谋的密友，高建群的挚友，贾平凹的伙计，还是陕西文坛的“作家班班长”。李禾断了与陈忠实的联络，就给张敏写信，问及陈忠实的近况，更重要的是催稿，催稿。张敏给陈忠实转达了李禾的意思，俗话说，应人事小，误人事大啊。陈忠实就提笔给李禾回信：

李禾同志：

您好。

春节后接到你的催稿信。三月中旬寄你一篇习作《立身篇》。本来，我寄出的稿件是不再打问的，这是常识。不久听张敏说，你在给他的信中还在催我的稿子，我估计到你可能没有收到我的投稿，有点不放心，就给你写了一信打问，想想现在已过两个多月，未见你的音息，我又有点担心，怕稿子遗失。因为在三月到五月这中间，我们西安郊区重新区划，分家和搬家搞得十分混乱，我送《北京文艺》的一稿就在此间丢失，所以想到也可能你已退稿，可能是波折丢失吧。

上次信中我已向你表白，我是一个老业余作者，早已练成了接受退稿的功夫，你不必因稿拙而为难。

我们已分区，我回归灞桥区文化馆，地址在灞桥街，请用此地址为准。

有机会到西安，请通知，很想找您谝谝。问赵雁（燕）翼同志好。

祝撰安。

忠实

5.14

1980年4月，西安市撤销了西安市郊区建制，市郊区分为三个区建制，分别为雁塔区、灞桥区、未央区。陈忠实被任命为灞桥区文化局副局长。

他的短篇小说《立身篇》，刊于《甘肃文艺》1980年第6期，后获《飞天》文学奖。《立身篇》发表后的夏天，李禾收到了陈忠实的一封短信。信中写道：

李禾同志：

您好。

刊物已见到，拙作能占贵刊这样的位置，实在愧心。向你并请你向同志们致以真诚的谢意。

我九日到太白县，参加《延河》编辑部举办的农村题材小说创作讨论会，会期十天，搞创作的十人，全是陕西地区专学农村题材的作者。这是我今年头一次出来参加文学活动，希望能得到一些启迪。

我这一月多来，无所作。有点题材，总是不能成篇，关键是找不到一条最理想的表现途径，所以就闷着。艺术上要突破一点，真不容易，我很苦恼，苦恼总是伴随着创作生活，毫无办法。

平凹也来参加了，他是我们中间公认的才思敏捷的快手，他越写越精彩。张敏听说到西安电影制片厂学剧本去了，我最近未见面。

我在灞桥街，平时不常进城。文化馆的条件还不错，主要指时间。

蒋金彦同志上月下旬给你们寄过一稿:《贞操篇》。这次在会上见面，他托我转告你，能将稿子的处理意见及早通知给他。蒋金彦你可能不陌生，去年以来，发过四五篇小说，数量不大，质量很不错，在《延河》发过两篇主稿，在上海发了《三人行》,《小说月刊》也转载了。他送给你的作品我没有看过，不敢冒说。请你能在对稿子有了确定的处理意见后，及时告知于他本人。通信地址是宝鸡地区创作研究室。

80.7

在信中，陈忠实所说的农村题材小说创作研讨会，是1980年7月10日至20日在宝鸡市太白县由《延河》编辑部组织召开的。当时，陈忠实和胡采、贾平凹、邹志安、京夫、徐岳、王蓬、肖云儒等以写农村生活为主的中青年作家和文艺评论家20多人参加。陈忠实正在为“艺术上要突破一点，真不容易，我很苦恼，苦恼总是伴随着创作生活，毫无办法”而琢磨，只有琢磨，才能蹚开一条新路子。也就是在这次会上，他说自己从发表作品以来，从来没有这么多同行和评论家给他自己的作品挑毛病，希望作协以后把力量集中到这种会上来。这是一个年轻作家的信心和勇气，他更希望得到同行和评论界的指正，这样才能突飞猛进，才能把自己苦恼的写作问题化解。

当时，著名文艺评论家肖云儒还是《陕西日报》的文艺部记者，1961年《人民日报》副刊开辟《笔谈散文》专栏时，就散文的特点、作用、题材等问题开展了大讨论。肖云儒那时候是中国人民大学新闻系大二学生，19岁的他就写了一篇题为《形散神不散》的短文，指出所谓“形散”，是指“散文的运笔如风、不拘成法，尤贵清淡自然、平易近人”；所谓“神不散”，是指“中心明确，紧凑集中”。“形散神不散”的观点，受到广大读者和文学界的肯定和推崇，并作为散文写作的定义与特点，写进一些大中学教材和理论著作，几乎成了散文作者们自觉或不自觉遵循的不二法宝，成为散文写作一种极具权威性和代表性的主张，其影响远远超过它产生的时代，直到今天仍成为散文理论的经典。

1980年8月，正值盛夏，陈忠实等作家受邀参加了位于甘肃省庆阳地区的创作训练班，旨在培养石油文学青年，在此期间，陈忠实去野狐沟的钻井队采风，并写下了以长庆油田石油工人为主题的散文《山连着山》。8月13日，他又给编辑李禾写了封信，内容如下：

李禾同志：

近好。本月上旬，庆阳地区举办创作训练班，从西安拉去了几个人，我也去了，有幸到长庆油田参观了一次，开了眼界。

七月中旬,《延河》在太白县召开了农村题材讨论会，不足二十人，主要是几位学农村题材的作者总结得失，探求新路。会开得具体，受到不少启发。

创作难，在我则更难。前半年只写了四五篇东西，没一篇好的，我很苦恼，要前进一步，真不容易；写不出，索性读书。

你忙吗？听说你们要开文代会，肯定要忙一阵子了。

六期刊物至今未见惠寄。我所在的灞桥小镇上没有贵刊杂志零售，托人在西安也未买到，所以只好向你索取了。敝帚自珍，留一点底子。盼能寄来。

拙作刊出后，有什么批评意见，也望告知。

祝撰安。

致以

敬礼

陈忠实

80.8.13

从庆阳回来，陈忠实写了篇散文《山连着山》，后来发表在1981年的《西安晚报》上。而今天，长庆油田有关资料说是1981年陈忠实去了庆阳，应该是时间错误。从庆阳回来，他还给李禾写了这封信，并了解小说《立身篇》刊登后在读者群体中的反响。陈忠实之所以对这篇小说情有独钟，是因为有了李禾编辑的认可和信任。陈忠实这篇小说因为契合了时代主题，受到了广大读者的一致好评，一举荣获了1980年《飞天》文学奖。有人也曾撰文说,《立身篇》是陈忠实第一次在省外的文学刊物上发表稿件，是不准确的，例如，他的短篇小说《无畏》就曾于1976年发表在《人民文学》第3期，且位置显要，也是小说头题。这篇小说，还引起一段风波。

时间进入了1981年,《立身篇》的成功，同样使陈忠实的创作积极性空前高涨，他的短篇小说创作进入了喷发期。写成了短篇小说《短篇二题》《乡村》《土地诗篇》等。短篇小说《苦恼》刊于《人民文学》1981年第1期。他和李禾的通信十天半月地写一封，交流稿件，互道衷肠。1月5日，李禾写信告诉他读者和评论界对《立身篇》的相关评论文章，还邀请他阳春三月去兰州参加读书会。他于1月12日回了信：

李禾同志：

您好。

五日信悉。我正急着给贵刊赶修习作，接到您的信，倍觉亲切，更受鼓舞，一口气修饰完毕，现将作品寄上，请审阅。倘能有幸刊用，请您能发排得提前一些，陕西出版社让我编集子，奢想这篇能跟上录进去，这是私话，当然应服从于刊物的实际需要，不致给工作造成麻烦。如需修改，或不宜用，亦请告知。

赵燕翼同志去年十一月来信为贵刊约稿，我因手中空空，又无把握，所以没有交往，现在又怕他忙，直接寄您，请告于老赵同志。

到兰州三月参加读书会的事，我暂时不敢说。我想春天收拾房子，现在材料没有备足，如果春节后能备足，真的盖起房子来，与你们的时间发生冲突，就不好办了。如将盖房推到忙后，春天就有可能出去，到时候再说，请鉴谅。

对习作《立》文的评分文章读到了，谢谢，并向写评论的同志致意。

我最近下乡，贯彻中央75号文件，关于责任制的政策，对于变化中的农村和农民，了解了一点情绪，挺好。

祝愉快，并向编辑部同志问好。

致以

敬礼

陈忠实

81.1.12

1982年，时任西安市郊区基层干部的陈忠实，心里深切地知道，农村家庭联产承包责任制绝对是彪炳史册的，“大包干”这几个字当年在农村的意义，会深入人心，影响深远。他也知道，作为一名书写时代的作者，更需要和最底层的广大父老乡亲紧紧地在一起，这也是他了解生活、深入生活的一扇窗口啊。

2010年夏天，中国国际广播电台《环球名人坊》《新闻盘点》主持人邱晓雨专访了陈忠实，她在《历史在心灵中的沉淀——陈忠实采访手记》一文的前言中写道：

去翻翻他们的处女作，你会发现一个作家从出发到现在，走出了多远。那些他经历的站点上，还撒下了那些篇章。循着足迹阅读，是很有意思的，它有助于你不仅仅了解一部作品，还隐约看见一个人，人的背后是时代的动向，多个有代表性的个人叠加在一起，就让你窥见这个民族繁荣或者衰落的秘密所在。国家命运既呈现在文字里，也呈现在文字外。它们就像月亮周围的圆晕，可能预示着次日的风一样，反过来，你窥见那些字里行间的风声，眼前就会呈现出前夜的圆月曾经有过什么样的光环。

邱晓雨在文中，将陈忠实的《立身篇》和莫言的《透明的红萝卜》对比。她说,《立身篇》里的模式化语言和《透明的红萝卜》那种受到拉美的魔幻现实召唤的轻灵语境相映成趣。如果不负责任地说，我相信陈忠实在这一阶段的东西根本不让今天这个时代的人喜欢。你回头看，发现它们不像出自和《白鹿原》同一个作者，而像是一些政治作业。作家的气质确实是从血液到文字里都有的。陈忠实今天是陕西省作家协会的主席和中国作协的副主席，他在骨子里的范儿，真的属于一个领导者，好像是站在一片高地上看问题。

陈忠实在给李禾的回信中说“我正急着给贵刊赶修习作”，指的就是短篇小说《乡村》。他改完后，再给李禾回信的时候，随信就寄去了稿件。也就是这时，陕西人民出版社拟出版陈忠实的短篇小说集，他正在精细地遴选着自己的每一篇文章。春节前，他收到了李禾对这篇作品的审读意见，并打算在春节后修改时，天有不测风云，76岁的父亲陈广禄，患病了，经过医院检查确诊，是癌症。父亲陈广禄，生于1906年8月11日，20岁左右时在洛南县一家商铺里，当过一段时间的学徒工，后来回到西蒋村务农的同时，担任过生产队里的会计、出纳和生产组长。那时候医疗条件差，父亲患上了病，作为儿子的陈忠实，他的天塌了，在医院里精心照顾父亲的时候，开始了在病床边上改自己的作品。不仅压缩了篇幅，而且还把“阴阳人”去掉了。信件原文如下：

李禾同志：

春节好？

拙作于春节前收到，准备节后上班立即动手删节，实在想不到，正月初六，父亲在医院查出癌症，我就没有动笔的心情了。半月以来，我四出（处，作者注）奔走，寻药问方，企图挽救父亲的生命，现在在一家医院就诊，稍觉慰藉，立即对草稿进行了删削。遵照“最好压缩二三千字”的意见，基本从二万字压到一万七千字了，且接受你的看法，将“阴阳人”去掉了。现送来，请阅审。

陕西出版社拟出习作的小说集，将此篇亦列入目录，故请人复写了两份，一份送你，一份送陕西出版社，因为请人代抄，文字不太恭正，请谅解。接到稿子后盼一回复。

问赵燕翼同志好。

祝愉快。

致以

敬礼

陈忠实

81.3.4晚

1981年3月12日，李禾给陈忠实写信，邀请他写篇创作谈之类的文章。正直刚正的陈忠实,《飞天》杂志是他的起福刊物，但是他也没有因为这份情感而特殊对待。作为作者，他认为只有写好作品，才是对刊物和编辑最大的回报。收到信已经将近半月，他才提笔给李禾写了封信，告知了原因，并交流了自己第一本作品集要出版的事情。第一本书，对作者来说，就像自己的第一个孩子，迎接自己的孩子来到这个世界上，尤为欣喜和期待。回信如下：

李禾同志：

三月十二日信收到。近几天来，我正在整理习作集子，出版社催得紧，所以迟复了。

写创作体会的事，请您原谅，我难能为之。自业余学习创作以来，至今我没有写过一篇此类文章，而且准备在近年间仍然坚持此见。请您理解我的意思，不是我故意为难，而是我对所有省内外的刊物都一律看待——在此事上。您能理解我的心情的。

集子已编好，交给出版社了。十九篇习作，全是近两年来的，决定以《乡村》作书名，并非对此篇过分偏爱，主要是十九篇习作几乎全部是写的乡村里的人和事。陕西出书的周期在全国大约是最长的一家，需等一年时间，待出书后，送您批评。

《乡村》交给您，随刊物的需要，发在哪一期，没有什么关系的。

再次请求谅解。

祝撰安。

致以

敬礼

陈忠实

81.3.26晚

1982年7月，陕西人民出版社以《秦岭文学丛书》相继出版了多部陕籍作家的作品，陈忠实的《乡村》是其中一册。书定价0.66元，共332页，印数3000册，这是陈忠实的第一次出版的作品集。封面题字是王大民。

《秦岭文学丛书》连续出版过几年，分别包括《野火集》(贾平凹)、《欢乐的梦》(峭石)、《女御史》(王吉呈)、《诗圣阎大头》(王晓新)、《海中金》(王宝成)、《恽春华》(莫伸)、《秦中吟》(蒋金彦)、《长城魂》(赵熙)、《深深的脚印》(京夫)、《山连着山》(李天芳)等，推出了一大批活跃在文坛作家的作品，繁荣了当时的文艺市场，被许多文学爱好者所追捧。

陈忠实的《乡村》一书，共由十九篇短篇小说组成，分别为《信任》《南北寨》《小河边》《幸福》《徐家园三老汉》《七爷》《心事重重》《猪的喜剧》《立身篇》《石头记》

《回首往事》《枣林曲》《早晨》《第一刀》《反省篇》《尤代表轶事》《土地诗篇》《铁锁》《乡村》。

1981年3月26日，陈忠实在《短篇小说集〈乡村〉后记》中写道：“像农民对于土地上的丰收的追求一样，我总是企图在自己的‘土地’上翻耕得深一些，匀一些，细一些，争取创作上的丰收和优质；可是，从获得的成果看，仍然有歉收，有次品。然而，农民有一种极可贵的品质，绝不以一料庄稼的丰收或歉收而自足，而一蹶不振。他们总是把更大的希望寄托于继来的春天，总结了本年里的得失，记下了教训。更加辛勤地劳作，不断地提高耕耘土地、培育新的绿色生命的能力，满怀信心地争取又一个丰收的秋天！从这个意义上讲，我的愧疚不安的心情消除了。应该聚足力气，去争取又一个秋收了，而春光是短暂的！”

4月25日，陈忠实收到了李禾的来信。在信中，李禾告诉他，编辑部要办学习班，大家可以相互学习、相互交流、相互提高，是一次学习的好机会。可是年老的父亲患了病，这是为大的事情，只能抱歉作罢。回信如下：

李禾同志：

您好。

四月二十五日信悉。拙作给你带来麻烦，让你费了心力，十分感谢。

你们办学习班，确实是我和大家交流甘苦的一个极好机会，又可以交朋友，长见识。可是太不凑巧了，我父亲的病，经过近三个月的中西医疗治，毫无收效，现已发展到后期，水汤难以下咽，汤药亦难进了。眼看着病势已渐严重，毫无挽救的办法，我的心情很不好。家里又无得力的人，母亲也已年高，许多事都由我奔走，所以，实在请您谅解。去年尚想到今年盖房子，现在也已作罢了。这种病，您是了解的，我很难脱身，忙前这一段看来是什么也干不成了。请您向赵燕翼同志说明一下，我是真抱歉得很。

以后有机会，一定报谢。

祝愉快。

致以

敬礼

陈忠实

81.5.4

5月4日，陈忠实给李禾回信时，父亲的病经过几个月的治疗，已经毫无转机。1981年6月8日，农历五月初七，端午刚过，灞河沿岸的麦子已经收尽，陈广禄因患食道癌去世了，他再也无法品尝到在场院上新收的麦面馍，带着病痛离开了自己的亲人，去了另外一个世界。作为儿子，39岁的陈忠实悲戚之心，难以言表。

6月，陈忠实的短篇小说《乡村》刊于《飞天》1981年第6期。7月27日，李禾给陈忠实写信告知，短篇小说《乡村》已经发表，并就短篇小说的艺术处理的多样性创造进行了探讨和交流。8月8日，忠实给李禾回信，内容如下：

李禾同志：

七月二十七日信悉。习作如此快地得到处理，感谢您和同志们，是对我的小说试探的鼓励吧。同意您的意见，艺术如果固定到一个程式里去，就变成僵死的艺术了，艺术本身的含义就是创造。这一点上我们十分相通。

《乡村》出三千册已不易。君不见,《秦岭丛书》的前头两本，二千来册，没有办法，您说的很对，要是一个

《乡村奇案》，会十倍百倍地增加的。对于我来说，这是无能为力的，出了就完了。

您约我几次，都未能成行，有点令人说不出话了。西北重镇兰州，我早仰之。现在又不行，九月，中国作协在西安召开西北华北九省市中青年作者会议，已通知我参加。我想到您那儿的事，后会有期吧。谢谢您的关照。

祝夏安。

致以

敬礼

忠实

8.8

1982年7月，他写成短篇小说《田园》，刊于《飞天》1982年第10期。就在这个阶段，他公开出版了自己的第一部作品集《乡村》。这时40岁的他，深切地感受到了自己应该在文学上有一个突破了。这一年，他发表了短篇小说《蚕儿》《土地——母亲》《冯二老汉》《初夏时节》《霞光灿烂的早晨》《绿地》，散文《春风又绿灞河岸》《万花山记》《延安日记》，创作谈《和生活的创造者一起前进》《深入生活浅议》等。1982年9月3日至11日，中国作家协会西北、华北部分青年作家座谈会在西安召开，陕西青年作家，除了陈忠实，还有贾平凹、莫伸、邹志安、路遥、王蓬、京夫、赵熙、李凤杰、梅绍静。甘肃省的作家匡文立、窦新国，宁夏的张武、马治中，青海省的王文泸、刘文琦，新疆的吴连增、艾海提·吐尔迪，山西省的张石山、成一，内蒙古的刘成、汪浙成，北京市的毋国政、凌力，天津市的吴若增，河北省的铁凝、张学梦等，都参加了座谈会。

《人民文学》1982年第11期刊登了陈忠实、张石山、成一在会议上的发言摘要，现将第102页至104页陈忠实题为《深入生活浅议》的发言全文辑录如下，以飨读者：

创作需要深入生活。这样一个极普通的道理，我却是经历了较长的创作实践之后，才心悦诚服地接受了的。

开始接触深入生活这个概念，是在当中学老师的时候。当时的兴趣开始偏重于文学，主要精力和用心，都集中到阅读中外文学作品上，寻求潜藏在那些优秀作品中的艺术技巧，而并没有注意和考虑深入生活的问题，以为那是对专业作家讲的，自己生在农村，长在农村，不存在深入不深入的问题，一切取决于写作技巧的提高。这样盲目的认识，在较长一段时间里，影响着创作的进步。

后来有机会到公社工作，而且担任了一点职务，一下子卷入一万多人口，二十多个大队的矛盾旋涡中。工作任务迫使我调查研究一些村庄的历史和现实的演变过程，人事的，政治的，经济的。工作任务迫使我接触了农村各级干部和社员，也接触上级领导部门的各种人。这些人，有各自的独特的命运、性格、教养，以及对诸种问题的态度。我与他们发生的是工作上的联系，有时争论，甚至争执不下。有的交往多了，逐渐产生个人感情上的关系，他们的喜悦、苦恼、幸运和不幸往往波及我的感情。

十年动乱中的农村，问题错综复杂。公社干部最耗费精力的，是生产大队里瘫痪的领导班子。我常常从这个村赶到那个村，去解决此类问题。造成领导班子瘫痪的带有普遍性的一个原因是不团结。而一个大队或小队的两位主要领导者的团结问题，除了反映在他们个人的缺点和毛病这些表面现象，往往牵扯着整个村子的历史纠纷，历次政治运动在他们身上或明或暗的投影。尤其是“四清”运动和“文化大革命”，新的派系和老的宗族关系错综交织到一起，形成许多微妙的关系。表面上的一句无关重要的话语里，隐藏着运动中造成的死仇，波及子孙后代的关系中。为了尽可能完满地解决问题，需要了解，需要调查，需要分析。这样，渐渐地，我对家乡农村的现实有了一点认识，对七十、八十年代的农村的农民也有了一点认识。把自己在生活中接触、发现的人物，通过作品推到读者面前，受到一些文学前辈和读者的鼓励。这时候，我才认识到，深入生活才是创作切实可靠的路子，也才理解了柳青为什么长期居于长安农村的奥秘。我想，一部好作品的产生，除了天才和勤奋，深入生活大概是一条共同的规律性的路子。

每个作家都有自己经历的独特的道路。有某些共同点，也有许多不同点。就自身而言，总是企图选择一条适宜于自己创作发展的路子，尽可能可靠的路子。尽管不可避免地要走一些弯路，总希望少走一些。这样，需要学习和借鉴别人的经验，也需要总结自己的教训，特别是后者，那些自己学习创作以来的得失，对于选择尔后的路子，就带有更切近的意义。比较冷静地总结自己的教训之后，实践本身给我的影响是深刻的：坚持深入生活而进行创作，这条路子对于我是适宜的，可靠的。

近三四年间，我离开了公社的具体的工作岗位，时间是充裕了一些，得以把多年间的生活积累写成习作。从去年下半年开始，我感到空了，也感到某些气力上的不足，加之这三四年间农村生活发生了急剧的变化，我切实感到需要立即进入生活。今年春天，我随区委工作组下乡，在渭河边的一个公社里落实中央关于农业生产责任制的有关政策，钻进矛盾之中，有了对今天农村的直接感受，心地充实了。

生活已经发生了很大的变化。三中全会以来，农村新经济政策给亿万农民带来了创造的活力。今天的农民，特别是年轻一代，与老一代农民有了许多不同之点。新的生活秩序，变化中的人与人的关系，新的人物，新的问题，常常使人有新鲜感，也有陌生感，切实感到需要到生活中去学习，去感受，去结识新的人物，才能创造富有八十年代特质的农民形象。

创作要具备多方面的修养：政治修养，艺术修养等等。而当这些方面具有了一定基础，起决定作用的，是作者生活积累的程度，是对时代发展的把握，对人民群众心理情绪深入了解的程度。特别是在重大的社会变革时期，必然引起社会各阶层中各种人的复杂心理情绪的变化，这是由他们所处的政治经济地位以及个人独特的生活经历形成的独特的心理变化，作家只有深入到这些人中间，对他们作历史的和现实的深刻了解，才能得到自己对生活的发现，才能抓住反映生活的闪光的金子。我以为，作家深入生活，认真地研究生活，在自己的生活领域里有了独自的发现，通过作品发出独特的声音，也许能逐渐根除文坛上频频而起的“一窝蜂”“雷同化”的现象。

有一件事，我印象极深。有个周末回到家里，公社连通各村各户的有线广播上，公社党委书记正在作检讨，检讨自己在极左路线指导下开展的学大寨运动中犯过的错误。我站在院子里，心里很不安，他做的那些错事，我在和他共事的时候，间接直接地一起参与执行过，我也应该承担自己的责任，而且感到了心理上的压力。我的父亲听完说：“共产党还是共产党，自家揭自家的短，百姓倒没气了。”第二天，在村子里，又听到不少反映，有人说：“过去那么厉害，现在做检讨哩！”也有不少人说：“这人到咱公社，还是把力出扎咧！”而且列举出他干的许多好事来。我的心里愈加不能平静，我们的农民多好啊！他们对于干部的错误所造成的损失，容忍的胸怀够博大的了。

在极左路线指导下，学大寨运动中，有一些人利用那个运动，搞一刀切，搞浮夸，干了不少坏事，除许多社会原因之外，有一个个人品质的主观因素。又有一些人，主观上想为农民干些好事，因为指导思想的偏差，也干出许多错事和蠢事来。前一种情况的作品写得不少，后一种情况就不多了，我根据自己对这方面的生活感受，写出了《苦恼》和《土地诗篇》。

生活按照它的规律在运动。生活现象纷繁复杂。我们总是企图了解生活，了解社会，研究生活，研究社会中的种种人，触摸到生活的主动脉，这是十分困难而又费力的事。看见了生活现象，理解不深，仅仅只能反映生活的表象，或者把文学作品变成图解一项具体政策的简单的模式，人物成了具体政策支配下的传声筒，人物的活的灵魂没有了。因此，需要学习理论，学习哲学，学习历史，增强理解生活的能力，对不断发生着的生活现象，能有较深一步的认识；对生活发展的趋势，有一个总体的把握；有这样的对时代特质的把握，对纷繁的生活现象就能深入一步了。

创作的唯一依据是生活。是从发展着运动着的生动活泼的现实生活中直接掘取原料。尊重生活，是严肃地研究生活的第一步。尊重生活，就可能打破自己主观认识上和个人感情上的局限和偏见。生活不承认任何人为地强加于它的种种解释，蔑视一切胡乱涂抹给它的虚幻的色彩，给许多争执不休的问题最终做裁决，毫不留情地淘汰某些臆造生活而貌似时髦的作品。

每个作家都有自己深入生活的方法和习惯，我觉得有一块生活根据地为好些。

在一个生活基地里，有较长时间的乃至终生的联系，可以对这一块土地上的人物，老一代和新一代，不断地加深了解。生活发展了，这些人发生着怎样的变化，自己会不断地获得新的印象。中国农村，领域辽阔，农林牧副渔，分工不同，习俗各异，但都是在社会主义制度下生活。一个县或一个公社，一定时期人与人的关系，一些人的情绪变化，总是带着社会的特征，反映着时代的色彩。我们从南方的陈奂生身上，同样亲切地感受到自己身边的北方农民的气质。吃透一个点，就为我们透视整个农村提供了一个天窗地孔。为了不致造成狭隘和局限，还要接触和了解广阔的社会生活，特别是今天，城乡、工农，许多领域的生活已经有了千丝万缕的联系。

深入生活，应该想方设法有一个具体的位置，争取卷进旋涡的中心，和生活的创造者一起生活，一起焦虑、苦恼，避免从上往下，从外往里地看生活。做生活的主人，不做旁观者。作家是社会的普通一员，有权利也有义务和人民的心息息相通，自觉抵制自己思想中某些不纯正的东西，才能感受时代和人民的脉搏，不断发出自己的歌唱。

1982年7月初，陈忠实写成短篇小说《田园》。写完了，刚热乎乎地出炉，他就把小说寄给了李禾，请他进行审读。在信中，他还探索了农村题材小说在内容和手法上的问题。全信如下：

李禾同志：

您好。

实在对不起,《文学之路》至今写不出，请容当后日再说。我至今未写过此类文章，请鉴谅。

寄上《田园》习作，请阅示。农村题材被大家写烂了，似乎都挤到同一条胡同里去了，未免出现现在的局面。《田园》试图在内容和手法上做一点新的探求，不知给人的客观印象如何。恭候您的批评意见，盼及时告诉，不吝直言批评。

祝夏安。

致以

敬礼

陈忠实

82.7.10

李禾在审读后，就短篇小说《田园》的人物年龄问题，提出了自己缜密的意见，并向陈忠实进行沟通。小说写了主人公宋涛从朝鲜战场回来，在一家工厂当上了宣传科科长，离婚和再婚的心理活动。人物年龄中，作为为他人做嫁衣的编辑李禾，已经审改得妥妥当当。作为文学作品的小说，既是故事的虚构，又是符合常理的演绎。

李禾同志：

前月给您回一信，想必收到，恕不赘言。

关于《田园》中人物的年龄，您算得很细，这样处理妥当，谢谢。

祝夏安。

致以

敬礼

忠实

82.8.13

1982年10月，陈忠实的短篇小说《田园》在《飞天》第10期发表了出来。字数6900多字。但是他还未见到刊物，所以就给李禾写信，李禾多次邀请他到兰州参加文学活动，可是每次不巧的是，他总是忙乱而抽不开身。也就是在这时，他所在的农村生产队进行了大包干责任制。陈忠实家里除了老母亲，还有三个孩子。妻子有病在身，分给他家的五六亩地耕种就成了问题，何况还有一半属于山坡坡上的地，更是需要人力。务庄稼，自己是一把好手，割麦碾场，犁地播种，这是每一个农民必备的手艺。这种原始的耕作办法，千百年来，一代代人传承了下来。孩子尚小，家里的成年男劳力就他一个人了。过了国庆节，白露前后，到了种小麦的时间了，他只能自己拉犁，深一脚浅一脚地把籽种埋到了地里，这是来年一家人全部的口粮啊。他忙于家务，忙于像种地一样辛勤地写作，把自己的朋友李禾“忘记”了，直到李禾一封封地写信，他才忙罢后回信：

李禾同志：

您好。

您可能生气了，我想真是生气了，也是应该的，真诚的感情不能得到理解，生气是自然的事。朋友，我给徐绍武同志说了十月初秋收秋种和下旬可能去南方的理由，这是实情。前几天，我才种完责任田，没有我，老婆是无法完成播种的。去南方，我也不是不去不可的事，无非想见见南方风光。其实有一个难以给你说出的原因，即国庆后我的调动问题要办理了，我哪儿也去不了。此前经许多同志帮助，说服了西安市这一关心的人事方面的同志，基本得到放行，节后要办此事。我不好向你说及，现在正在办此事，尚未完，看来调作协的问题不大了。今天向你说清这个情况，我想你是可以理解的。

十期刊物不知出来没有？请能赐寄五本，西安市邮局没有零售《飞天》，只有订阅，可见你们的发行宣传工作的漏洞……《田园》得到较快的处理，而且发到重要位置，我是很成功的。

于振东同志去兰州路经西安，给我一信，让我问询他的一篇稿子，不知他回庆阳没有？现附上一信，请你转他。

祝文安。若有机会回西安，告我一声。

致以

敬礼

忠实

10.16

第二节　寻找自己的句子

1982年11月，40岁的陈忠实，正式调入中国作家协会西安分会（陕西省作家协会），从事专业创作，也成了一名专业作家。从发表第一篇习作，称自己为业余作者到专业作家，他用了整整25年。早在1981年，中国作协西安分会党组织就决定遴选三位青年作家到作协的创作组专业搞创作，陈忠实就是其中之一。人常说双喜临门，就在这时，西安市文联也要调他去工作。权衡再三，他婉言谢绝去市文联，因为他在心里已经早早埋下梦想，以写作作为自己的终生事业。他要去作协，但是市上就是不放人事档案，档案转不了，人也就调动不了，省作协已经急切地等着陈忠实到位，可是档案过不来。后来还是省作协的领导托了别人，拐弯找到几层熟人关系，这才同意转档案，他的心里才吃上了定心丸。在省城里，当专业作家，可是纷繁的环境他如何也安不下心，写不出满意的作品来，最后决定，还是继续回白鹿原的老屋去，安心写作。

1983年10月，求稿若渴的编辑李禾，回到西安，一是探亲，另外就是去找自己的作者。他去灞桥，未能与陈忠实见上面，在灞桥文化馆留下了自己来过的纸条。这时的《飞天》，改名后不久，刊登了全国多个文学青年的作品，在全国形成了一定的影响，不得已而继续扩大发行。读者是刊物最忠实的见证人，李禾把好消息告诉了陈忠实，他作为忠实的作者，也同样感到欣喜不已。在欣喜之时，又自谦而又惭愧地说自己没有写下多少作品，无法报答编辑对自己的关心和培养之情。便回信一封：

李禾兄：

您好。十二月二十八日信收到，请释念。

十月里你去灞桥那天，我正好在灞桥，我是去文化馆领我的信件的，直到下午才回家。我当时在文化馆一位同行那里闲聊。之后当我再一次去灞桥领信的时候，玲玲娘见到我，我见到您留下的手迹，直觉得遗憾。

《飞天》扩大发行的消息已经从你们的广告上看到，《飞天》起飞的大致情况已令这里的朋友所瞩目，我是很高兴的，因为我是贵刊的投稿者，又因为这样的原因，我亦惭愧，去年没有给刊物送稿，请鉴谅。

去年一年里，我缠在两部中篇里，不得脱手，短篇几乎没有成篇。如果按今年苹果树说，属“小年”。

新的一年又开始了，我今年应该给您送稿了，这一点早已想到，我力争有中篇应邀，如果力不能及，争取短篇。您大约知我的情况，虎气不足，而自卑太多，从来不敢斗胆说大话，这是没有办法的，唯其一点，我倒是重情义，而您又结结实实是我所尊崇的朋友，我至不能给您瞎诌的。

作协已开始整党，预计半年时间，其间分几个阶段进行，会有小间隙的，为期半月的集中学习文件时间目前结束。我的“关系”已进入作协，尚未搬家，暂不想搬。我搞专业创作，可以住在乡下，少点干扰，图得清静。我基本住在家里（农村），已不住灞桥，所以请以后信寄到作协。

你们的刊物大有起色，为少论。这是值得庆贺的事，可以想见你们的努力。

您若在西安要托办什么事，尽可一告，并盼常有信息相通。

祝春节好，全家安健。

致以

敬礼

陈忠实

1984.元.23

在信里，他跟李禾说“去年一年里，我缠在两部中篇里，不得脱手，短篇几乎没有成篇”，多为谦逊之言。两部中篇分别是《初夏》和《康家小院》。《初夏》这部中篇小说，自1981年就开始动笔，直到1982年上半年，还一直在和何启治沟通修改问题，再到1983年8月，还写信给何启治，说《初夏》修改得并不顺利，最后刊登于《当代》1984年第4期。这部长达12万字的中篇小说，从动笔到发表，反反复复改了无数遍，前后差不多三年多时间。

何启治时任《当代》主编，他曾经于2016年在《文艺报》上发表过一篇写陈忠实的文章，这样写道：

回想我与陈忠实的初识，是在1973年的隆冬。那时，我在人民文学出版社现代文学编辑室的小说北组当编辑，分工管西北片，西安自然是重点。就在西安郊区区委所在地小寨的街角上，我拦住了刚开完会推着一辆破旧的自行车出来的陈忠实，约请他写农村题材的长篇小说。在陈忠实听来，这简直就像老虎吃天一样不可思议。但他也感觉到我这个来自人民文学出版社“高门楼”的编辑约稿的真诚，从此记住了我，开始了我们长达40多年的友谊交往。

后来，我经手在《当代》1984年第4期头条刊发了陈忠实的中篇小说《初夏》。这部中篇小说几经修改，历经三个年头才和读者见面，被公认为陈忠实的代表作之一，也是他写长篇的必要的过渡。

《收获》杂志主编程永新先生在《一个人的文学史》（2018年上海文艺出版社）有一段话：优秀作家和文学杂志，还有文学批评、读者一起推动文学向前发展，左右文学运动的盛衰，决定文学成就的高度。优秀的作家依托文学杂志这块平台施展才华，在这片土壤上春耕秋收，成就梦想，同时，优秀作家的优秀作品也养育了文学杂志。它们是文学杂志的乳汁。

《初夏》是陈忠实的第二部中篇小说，在何启治的指导下，改得很辛苦。他的第一部中篇小说是《康家小院》，于1982年9月至11月写成，后来发表在《小说界》1983年第2期，这是陈忠实发表的第一部中篇小说。这部小说主要以康田生的生活背景为基础，以玉贤的婚姻变化为契机，以勤娃的心理变化为烘托，反衬出新旧文化在20世纪60年代的碰撞所产生的恐惧和矛盾火花。作者在短小的篇幅中，成功地描绘了一个丰满的故事画面，成功地塑造了一位在传统文化与新文化之间隙中漂浮不定的悲剧女性形象。

1984年5月，42岁的陈忠实第一次到了上海，是因为人生的第一部中篇小说《康家小院》。他的中篇处女作，荣获了上海文艺出版社举办的《小说界》第一届文学奖（1981—1983），并参加了颁奖活动。1985年5月，上海文艺出版社以《小说界》获奖作品集（1981—1983）出版了这次获奖的作品，书定价1.75元，字数254千，印数80000册，责任编辑魏心宏。

这次获奖的作品包括:《枪口》(徐光兴)、《月照南窗》(邓开善)、《泥活》(房树民)、《草扎的队长》(戈悟觉)、《大票子》(李明)、《穷表姐》(李国文)、《拯救》(卓·格赫，蒙古族)、《康家小院》(陈忠实)、《收获》(沈乔生)、《啊，明星》(姚忠礼)、《苦夏》(汪浙成、温小钰)、《普通女工》(孔捷生)、《彩虹坪》(鲁彦周) 等。这本书，我淘了孔夫子旧书网，为北京图书馆馆藏书。

关于这本书，上海文艺出版社、《小说界》编辑部于1984年7月在出版说明里写道：首届《小说界》作品奖（1981—1983）获奖作品计有十三篇。它们是：长篇小说《彩虹坪》；中篇小说《苦夏》（荣誉奖）、《普通女工》（荣誉奖）、《康家小院》（新人新作奖）、《收获》（新人新作奖）、《啊，明星》（新人新作奖）；短篇小说《穷表姐》《拯救》；微型小说《枪口》《月照南窗》《泥活》《草扎的队长》《大票子》。其中，《彩虹坪》本社已出版单行本；《苦夏》《普通女工》是1981—1982年全国获奖中篇小说，也已收入本社出版的《1981—1982全国获奖中篇小说集》，故均不重复收入，本书仅存目。本书附有七篇评论文章，对上述作品的思想和艺术特色做了简要的评析。

这次来上海，陈忠实还前往上海巴金故居进行了参观。上海武康路113号，是巴金先生在上海的住宅，也是千万读者心目中的文学圣地。1955年9月，巴金迁居武康路寓所。这是他在上海定居住得最长久的地方。在这幢花园洋房里，交织着巴金后半生的悲欢。在这里，他写成了被海内外思想界、知识界和文学界公认为“说真话的大书”《随想录》以及《团圆》《创作回忆录》《往事与随想》等作品。

2005年10月17日19时6分，巴金在上海逝世，享年

101岁。王蒙、邓友梅、张贤亮、陈忠实、吉狄马加、周梅森、铁凝、张平、高洪波、叶辛、王安忆、赵丽宏、吴贻弓等文艺界人士，以及巴老生前好友冰心的女儿吴青，专程前来向这位老人告别，他们更道出了对巴老的敬意。

李禾兄：

赐寄的刊物收到，惠函诵悉，谢谢。

习作在《小说界》侥幸获奖，小事一桩。借发奖机会，我到南方去了一趟，并到先生故居观瞻，印象颇好。五月下旬回到西安。

两年没有给您寄稿子了，真是愧对朋友了。去年以来，我转入学习中篇写作，短篇写得极少，只有三两篇不像样子的东西。去年到今年初写成的两部中篇，好赖都脱手了。我计划在今年内争取给您寄送一个小中篇，见到您的信，我只能争取尽早一点完成。中篇的数量又不如短篇的数量，所以现在欠债累累，我又笨得干不快，这您是知情的，望鉴谅。

《飞天》起升，令人振奋，我以与您的友好交情，常为《飞天》的欣欣向荣而自豪。

祝夏安。

致以

敬礼

陈忠实

84.6.17夜

后来，陈忠实又陆续去过几次上海，但对第一次去上海还是记忆犹新。2004年，他的散文《皮鞋·鳝丝·花点衬衫》在《中华散文》(2004年第9期）刊登。文中详细叙述了他对上海的印象和初次去上海的体验。全文辑录如下：

第一次到上海，是1984年，大概是5月。上海文艺出版社举办《小说界》第一届文学奖的颁奖活动，我的第一部中篇小说《康家小院》荣幸获奖，我便得到走进这座大都市的机缘，心里踊跃着、兴奋着。整整20年过去，尽管后来又到几次上海，想来竟然还是第一次留下的琐细记忆最为经久，最耐咀嚼。面对后来上海魔术般的变化，我常常有一种感动，更多一缕感慨。

第一次到上海，在我有两件人生的第一次生活命题被突破。

我的第一双皮鞋就是那次在上海的城隍庙购买的。说到皮鞋，我有过两次经历，都不大美好，曾经暗生过今生再不穿皮鞋的想法。大约是西安解放前夕，城里纷传解放军要攻城，自然免不了有关战争的恐慌。我的一位表姐领着两个孩子躲到乡下我家，姐夫安排好他们母子就匆匆赶回城里去了。据说姐夫有一个皮货铺子，自然放心不下。表姐给我们兄妹三人各带来一双皮鞋，父亲和母亲让我试穿一下。我在屋子里走了几步就脱下来，夹脚夹得生疼，皮子又很硬，磨蹭脚后跟，走路都跷不开脚了。这双皮鞋我大约就试穿了一次，便永远被收藏在母亲那个装衣服的大板柜的底层。直到20世纪70年代初，我已经在家乡的公社(乡)里工作，仍然穿着农民夫人手工做的布鞋。

我家乡的这个公社（乡）辖区，一半是灞河南岸的川道，另一半即是地理上的白鹿原的北坡。干部下乡或责任分管，年龄大的干部多被分到川道里的村子，我当时属年轻干部，十有八九要奔跑在原坡上某个坪、某个沟或某个湾的村子里。费劲吃苦我倒不在乎，关键是骑不成自行车，全凭腿脚功夫，自然就费脚上的布鞋了。一双扎得密密实实的布鞋底子，不过一个月就磨透了。后来就咬牙花四毛钱给鞋钉一页用废弃轮胎做的后掌，鞋面破了妻子可以再补。在这种穿鞋比穿衣还麻烦的情境下，妻弟把工厂发的一双劳保皮鞋送给我了。那是一双翻毛皮鞋，我一年四季都把它穿在脚上，上坡下川，翻沟蹚滩，都穿着它，既不用擦油，也不必打光。乡村人那时候完全顾不得对别人衣饰的审美，男女老少的最大兴奋点都集中在粮食上，尤其是春天的救济粮发放份额的多少。这双翻毛皮鞋穿了好几年，鞋后掌换过一回或两回，鞋面开裂，修补过不知多少回，仍舍不得丢掉。几年里不知省下多少做布鞋的鞋面布、锥鞋底的麻绳和鞋底布，做鞋花费的工夫且不论了。到我的家庭经济可以不再斤斤计较一双布鞋的原料价格的时候，我却下决心再不穿皮鞋尤其是翻毛皮鞋了。体验刻骨铭心，双脚的脚掌和十个脚趾，多次被磨出血泡，血泡干了变成厚茧，最糟糕的还有鸡眼。这回到上海买皮鞋，原是动身之前就与妻子议定了的重大家事。首先当然是因为家庭经济条件改善了，有了额外的稿酬收入，也有额内工资的提升；再是亲戚朋友的善言好心，说我总算熬出来，有点名气的作家了，走南闯北去开会，再穿着家里做的灯芯绒布鞋，就有失面子了。我因为对前两次穿皮鞋的切肤记忆太痛苦，倒想着面子确实也得顾及，不过还是不用皮鞋而选择其他式样的鞋，尺码穿着舒服，不能光彩了面子而让双脚暗里受折磨。这样，我就多年也未动过买皮鞋的念头。“买双皮鞋。”临行前妻子说，“好皮鞋不磨脚。上海货好。”于是我就决定买皮鞋了。“上海货好。”上海什么货都好，包括皮鞋。这是北方人的总体印象，连我的农民妻子都形成并且固定着这个印象。那天是一位青年作家领我逛城隍庙的。在他热情而又内行的指导下，我买了一双当时比较价高的皮鞋，宽大而显得气派，圆形的鞋头，明光锃亮的皮子细腻柔软，断定不会让脚趾受罪，就买下来了。买下这双皮鞋的那一刻，我心里就有一种感觉，我进入穿皮鞋的阶层了，类似进了城的陈奂生的感受。

回到西安东郊的乡村，妻子也很满意，感叹着我以后出门再不会为穿什么鞋子发愁犯难了。这双皮鞋，我只有到西安或别的城市开会办事时才穿，回到乡下就换上平时习惯穿的布鞋。这样，这双皮鞋似乎是为了给城里的体面人看而穿的，自然也为了我的面子。另外，乡村里黄土飞扬，穿皮鞋需得天天擦油打磨，太费事了；在整个乡村还都顾不上讲究穿戴的农民中间，穿一双油光闪亮的皮鞋东走西逛，未免太扎眼……这双皮鞋穿得很省，有七八年寿命，直到90年代初才换了一双新式样。此时，我居住的乡村的男女青年的脚上，各色皮鞋开始普及。

我第一次吃鳝鱼，也是那次上海之行时突破的。关中人尤其是乡下人，基本不吃鱼，成为外省人尤其是南方人惊诧乃至讥笑的蠢事。这是事实。这样的事实居然传到胡耀邦耳朵里，他到陕西视察时，在一次会议上讲过："我听说陕西人不吃鱼？"其实秦岭南边的陕南人是有吃鱼传统的，确凿不吃鱼的只是关中人和陕北人。我家门前的灞河里有几种野生鱼，有长着长须不长鳞甲的鲇鱼，还有鲫鱼，甲鱼，稻田里的黄鳝不被当地人看作鱼类，而视为蛇的变种。灞河发洪水的时候，我看到过成堆成堆的鱼被冲上河岸，晒死在苞谷地里，发臭变腐，没有谁捡拾回去尝鲜。直到50年代中期，国家第一个五年计划实施时，西安涌来了许多东北和上海老工业区的技术人员和熟练工人，这些人因为买不到鱼而生怨气，就自制钓竿到西安周围的河里去钓鱼。我和伙伴们常常围着那些操着陌生口音的钓鱼者看稀罕。当地乡民却讥讽这些吃鱼的外省人，南蛮子是脏熊，连腥气烘烘的鱼都吃！我后来尽管也吃鱼了，却几乎没有想过要吃黄鳝。在稻田里，我曾像躲避毒蛇一样躲避黄鳝，那黑黢黢的皮色，不敢想象入口会是一种什么感觉。

那天在上海郊区参观之后，晚饭就在当地一家餐馆吃。点菜时，《小说界》编辑现任副主编的魏心宏突然兴奋地叫起来：啊呀，这儿有红烧鳝丝！来一盘，来一盘鳝丝。还歪过头问我，你吃不吃鳝丝？就是鳝鱼丝。我只说我没吃过。当这盘红烧鳝丝端上餐桌时，我看见一堆紫黑色的肉丝，就浮出在稻田里踩着滑溜溜的黄鳝时的那种恐惧。魏心宏动了筷子，连连赞叹味道真好，做得真好。随之就煽动我，忠实，你尝一下嘛，可好吃啦，在上海市内也很少能吃到这么好的鳝丝。我就用筷子夹了一撮鳝丝，放进口里，倒也没有多少冒险的惊恐，无非是耿耿于黄鳝丑陋生态的印象罢了。吃了一口，味道挺好，接着又吃了，都在加深着从未品尝过的截然不同于猪、牛、羊、鸡肉的新鲜感觉。盛着鳝丝的盘子几乎是一扫而光，是餐桌上第一盘被吃光掠净的菜。似乎魏心宏的筷子出手最频繁。多年以后，西安稍有规模的餐馆也都有鳝丝、鳝段供食客选择了，我常常偏重点一盘鳝丝。每当此时，朋友往往会侧头看我一眼，那眼神里的诧异和好奇是不言自喻的。

还有两把小勺子，也是此行在上海城隍庙买的，不锈钢的，把儿是扁的。从造型到拿在手里的感觉，都特别之好。不知在什么时候把一把丢了，现在仅剩一把，依然光亮如初，更不要说锈痕了。有时出远门图得自便，我就带着这把勺子，至今竟然整整二十年了。

还有一个细节，颇有点刻铭的意味。

还是那位年轻作家陪我逛街。我们随意走着，我已记不得那是条什么街什么弄了，只记得街道两边多是小店铺。陪我的青年作家随意介绍着传统风情和市井传闻，我也很难一遍成记，尽管听得颇有趣味。突然看见一个十分拥挤的场面，便停住脚步。一家小店仅一间窄小的门面，塞满了顾客，往进硬挤的人在门外拥聚成偌大的一堆；从里头往外挤的人，几乎是从对着脸拥挤的人的肩膀上爬出来；绝大多数为男性青年，亦有少数女性夹在其中，肌肤的紧密接触也不忌讳了；往外挤的人，手里高扬着一种白底碎花的衬衫。不用解释，正是抢购这种白底上点缀着蓝的、红的、黄的、橙的颜色的小花点的衬衫。

1984年春末夏初，上海青年男女最时髦、最新潮的审美兴奋点，是白底花点的衬衫。

十余年后，我接连两三次到上海。朋友们领我先登东方明珠电视塔，再逛浦东新区，令我眼花缭乱，目不暇接。新的景观和创造新景观的奇迹般的故事，都从眼睛和耳朵里溢出来了。我在宝钢的轧钢车间走了一个全过程，入口处看见橙红色的钢板大约有两块砖头那么厚，到出口处钢材已经自动卷成等量的整捆，薄厚类近厚一点的白纸。这种钢材最常见的用途是做易拉罐。车间里几乎看不见一个工人，我也初识了什么叫全自动化操作。技术性的术语我都忘记了，只记住讲解员所讲的一个事实，这个钢厂结束了中国钢铁业不能生产精钢的纪录，改变了精钢完全依赖进口的局面。尽管是外行，这样的事实我不仅能听懂，而且很敏感，似乎属于本能性地特别留意，在于百年以来留下的心理亏虚太多了。

从小学时代直到进入老龄的现在，我都在完成着这种从祖先遗传下来的先天性心理亏空的填垫和补偿过程。我们的第一台“解放牌”汽车出厂了。我们有了自己生产的“红旗牌”轿车。我们的第一颗原子弹爆炸成功。我们的卫星上天了，飞船也进入太空了。我们有了国产的彩色电视、国产空调、国产电脑和国产什么什么产品。这样的消息，每有一次都是对心理亏空的填垫和补偿，增加一份骄傲和自信，包括制造易拉罐的这种钢材对进口依赖的打破，也属同感。我便想到，什么时候让欧美人发出一条他们也能“国产”中国的某种绝门技术的产品的消息的时候，我的不断完成着填垫补偿心理亏空的过程，才能得到一个根本性的转折。

告别布鞋换皮鞋的过程发生在上海。吃第一口黄鳝的食品革命也始发于上海。这些让我的孩子听来可笑到怀疑其虚实的小事，却是我这一代体验过“换了人间”这个词的人难以抹去的感受。还有上海青年抢购白底花点衬衫的历历在目的场景，与我上述的皮鞋和黄鳝的故事也差不了多少。在南方和北方、东部和西部都被灰色、黑色和蓝色的中山装、红卫服覆盖着的国家里，一双皮鞋、一餐鳝丝和一件白底花点衬衫，留给我镂刻般的记忆。记忆里的可笑和庆幸，肯定不只属于我一个人。

1984年9月25日，陕西省首届文艺创作“开拓奖”颁奖大会在西安举行。陈忠实的中篇小说《康家小院》获陕西省文艺创作“开拓奖”荣誉奖；贾平凹的中篇小说《腊月·正月》获一等奖。他给李禾写信时，说要继续给《飞天》写中篇小说，其实这时，他的中篇小说《夭折》一直在创作之中。他还跟李禾说：“您知道我的底细，既赶不上时髦，也弄不出传世惊世的大著，只是笨拙地咀嚼自己的生活实践。”李禾给陈忠实写的信中，又问起了贾平凹，因为他好久没有见到贾平凹的稿子了，陕西的作家群体，都在李禾的心里。编辑催稿是一种责任，是一种好米做好饭的“炊师”责任，这在文坛上多有故事。

作家阿城说，时为《人民文学》编辑的朱伟去向他催稿：“找他，必须午夜碰头之时或早晨九点之前。我熬不得夜，每次选择早晨八点后登门，那门总是虚掩着，屋里烟气酒气臭气混杂在一起，床上总是蜷缩成的一团，从被窝里钻出来的声音总是：讨债的鬼又来了……”

作家陈村也曾撰文说，有一年在桂林笔会期间，南溪山下，他认识了张新奇、赵本夫和肖矛等。朱伟是工头，头面整洁，踱来踱去，日日催逼写稿，查问进度。一个人铁了心当编辑就变得这样“狠毒”，他日后以催稿出名。

创作过《铁臂阿童木》的日本漫画家手冢治虫我们都耳熟能详。他喜欢看电影，为此经常拖稿。为了催稿，作为他的编辑，松冈博治经常要在新片上映时，去各大电影院寻觅手冢治虫。有一次，松冈找遍了银座所有电影院，都没找到手冢治虫，垂头丧气之下，松冈来到一家饭店吃饭，谁知刚爬到二楼，就一眼瞅见了躲在角落里的手冢治虫。说时迟，那时快，这位已经50岁的漫画大师腰一弓，嗖一下钻到了桌子底下。哭笑不得的松冈心中暗骂：混蛋老头，不交稿还躲起来。但手冢治虫已经躲到如此地步，松冈也不好当面指责，只好装作没看见扭头走了。

李禾一直等着陈忠实的力作稿件，陈忠实只能“欣然从命”，“用力去作”了。就在这年，陈忠实先后发表了短篇小说《播种》(《庄稼人》1984年第4期)、《蚀》(《新苑》1984年第2期）以及《我自乡间来》的系列短篇小说。在收到9月15日李禾的来信后，他过了将近半月，给李禾回了信，既对《飞天》的发行在众多刊物处境维艰中逆势上扬给予肯定，也对好久不见自己的作品编辑而遗憾，尤其是与对脾气的人畅饮一场，是多么期待啊。陈忠实好酒，每当他写出一篇自己比较满意的作品之时，特别是这篇作品发表在比较有影响力的文学期刊上，一定会打开一瓶白酒，痛饮一番，以庆祝自己在文学的道路上又向前走了一步。尤其是在这时候，能和李禾一起，拿起一瓶好酒，觥筹交错，那满满的都是两人之间的深情厚谊啊。信件原文如下：

李禾兄：

您好。九月十五日信昨日收到，真是令人慨然系之。

《飞天》在众多的月刊皆感到生存危机的时势中，能保持持续上升的趋势是太不容易了，这里省市两家月刊大约都刚刚够着万数，处境维艰。刊物能有这样向荣的局面是令人鼓舞的，足可见你们用心用力了。

本人不才，数年来倒是注意在与编辑朋友的交往中，唯义气是从。关键的问题是，学得较少，特别是自去年以来，主要写中篇，数量少得太怜，短篇几乎没有写几篇，而且意思不大。我说过今年内给您一个中篇的话（上封信），至今未敢忘记。只是“力作”的话给我压力颇大，您知道我的底细，既赶不上时髦，也弄不出传世惊世的大著，只是笨拙地咀嚼自己的生活实践。如果这样领会“力作”的意思，即用力去作，小弟我就敢于欣然从命了。说真话，我在众多的约稿信中，倒总是倾向于给那些不要求“头条”的刊物，我总是缺乏一股虎气，算是一种逃避的办法。一要求“头条”，我立即担心能不能刊用。我们是老朋友，我给您如实招来，不怕见笑。

平凹大约有他的难处，我想您和他再见时，也许会说明白的。即使如此，您之厚诚之心，也会逐渐释然的。

“平凉笔会”原来准备参加，后因家事缠搅推迟到九月初，后未见平凉的同志联系，我也就作罢。说真的，我已有一年未上讲台了，我一直对此类活动没有信心，彻底怀疑其对创作者有多大帮助了。

我们有几年未见面了，确实想畅叙一番衷情，痛饮一场，无奈关山阻隔，但愿您明年能创造机会，我一定赴命。

祝愉快。安健。

致以

敬礼

忠实

1984.9.26

1984年下旬，陈忠实始终没有忘记，他应允给李禾送稿子。这次，他终于将中篇小说《夭折》改定，随信寄给了李禾，接下来就是等着他的审读意见。这一年，他以《我自乡间来》为题，写下了好几篇短篇。10月完成短篇小说《马罗大叔——〈我自乡间来〉之一》，后刊于《延河》1985年第1期。又写成短篇小说《鬼秧子乐——〈我自乡间来〉之二》，还写成了短篇小说《田雅兰——〈我自乡间来〉之三》和《拐子马——〈我自乡间来〉之四》。排列之五的就是中篇小说《夭折》，这是《我自乡间来》系列中唯一一个中篇，他寄给了李禾，给了自己喜爱的刊物《飞天》。全文如下：

李禾兄：

您好。今年后半年一直萦绕于心的一件事，就是给您的稿子。现在将此习作送上，请审阅。

十月初以来，我以《我自乡间来》为题陆续写了几篇小说，前三篇均为短篇，已给本省几家刊物了，先后将于下年初见刊。本篇排为之四（实为之五），系中篇，是我意定要给您的。本可于二十日完成，因整党等诸事打搅，延至今日，终算在月末完成了。

稿子本身，我不想作任何解释，以免先入为主，完全听凭您的审阅，恭候您的批评。

陕西作协正在改革中，《延河》已大换班了，由原小说组一位青年编辑出面承包，任主编，自己组阁，口号是“振兴延河”。新任主编白志纲（钢），颇有魄力。可以设想，在当今刊物如林的空前激烈的竞争中，要使《延河》振兴起来，也不容易。不过大家都寄予希望，总算把死气沉沉的局面打破了。

《飞天》正在兴旺时期，这儿的朋友谈到《延河》的不景气，常常以《飞天》对照，很钦佩你们的眼光和魄力！

　　盼再次相会。祝愉快。

　　致以

敬礼

忠实

84.

　　也就是在1984年10月上旬，陕西文学刊物《延河》来了大换血。当时，中国作家协会陕西分会党组、主席团根据改革形势需要，宣布对《延河》实行补贴承包。经过酝酿、讨论并听取了各方面的意见，对两个承包方案比较后，决定由白描（白志钢）承包，并任命其为《延河》主编。11月24日，《延河》召开座谈会，宣布承包后的办刊方针及有关措施，同时宣布新组成的顾问委员会，陈忠实、贾平凹、邹志安、路遥等人是编委会成员。白描于1982年从陕西师大调入陕西作协，他事先曾征求雷抒雁意见。雷抒雁建议他先在《延河》做编辑，干上几年，争取进创作组。创作组是专业作家待的部门，很多人都想进去，路遥就是在《延河》小说组编辑工作之后进入创作组的。白描接手《延河》主编担子后，翌年又任陕西作协书记处书记，负责刊物和青年作家培养工作。1991年初，调往国家外国专家局，举家迁京。任国家外国专家局国际人才交流信息中心副主任,《国际人才交流》杂志副总编，鲁迅文学院常务副院长等职务。著有长篇小说、中短篇小说、报告文学、散文、文学评论等，担任多部电视连续剧编剧。文学之外，现致力中国玉文化研究，著述若干，并应邀参与国宝级大型翡翠巨雕“炎黄之根”等多项玉雕文化项目的创意策划。著有一部跨界写作的非虚构文本《秘境》，影响颇大。

临近1985年春节，陈忠实的短篇小说《我们怎样做父亲》在《西安晚报》刊发。就在这时，他的《我自乡间来》之五，中篇小说《夭折》已经《飞天》编辑部审读，确定在《飞天》1985年第3期刊登。《夭折》中提出的秦腔唱词那段，是这样写的：

十分遗憾，我对我们的秦腔听来虽也顺耳，却从来没能学会唱腔。惠畅是个文娱活动的活跃分子，在学校里上过台，演过戏，可惜在他演过的几折小戏里，总是扮演着小生的角色，大都是和姑娘、小姐对唱，苏武在《牧羊》中的唱词他一句也唱不下来。马罗也不勉强我们，已经干咳几声，清理嗓子，猛然扬起头来，就暴发出一声天崩地裂般的声音：“汉苏武在北海……”

李禾在小说审读时处理得很好，秦腔《苏武牧羊》中，唱词写道：

汉苏武在北海身受苦难，

忍不住伤心泪痛哭伤怀。

为国家来讲和免受灾害，谁料想北番主巧计安排。

他命那卖国贼把我款待，他要我投降北国与他当奴才。

我岂肯背叛祖国贪图荣华自安泰，骂的那卖国贼子一个一个头难抬。

不投降他将我囚至北海，强逼我牧羊郊外来。

身上无衣又无盖，我冷冷清清，清清冷冷饿难挨。

我有心将身投北海，诚恐落个无用才。

没奈何忍饥受饿冒风披雪暂忍耐，苍天爷何日把眼睁开。

陈忠实作为关中人，自幼喜欢秦腔，他是个热爱秦腔的人，文章写高兴了听，苦闷了也听，从小时候跟着父亲在周围村子里听，到后来80年代在电视上看，再到后来到戏院里看，每次都津津有味，回味无穷，秦腔是钻到了他的骨髓里，他的每个毛细血管里都流淌着秦腔。他在一篇散文《我的秦腔记忆》(2012年8月7日《甘肃日报》)里写道:“我已记不得从几岁开始跟父亲去看戏，却可以断定是上学以前的事。我记着一个细节，在人头攒动的戏台下，父亲把我架在他的肩上，还从这个肩头换到那个肩头，让我看那些我弄不清人物关系也听不懂唱词的古装戏。可以断定不过五六岁或六七岁，再大他就扛架不起了。我坐在父亲的肩头，在自己都感觉腰腿很不自在的时候，就溜下来，到场外去逛一圈。及至上学念书的寒暑假里，我仍然跟着父亲去看戏，不过不好意思坐父亲的肩膀了。”

后来，他不仅关心西安创办的《大秦腔》杂志，还多次热心出席与秦腔有关的文化活动。2012年7月17日,《西安秦腔剧本精编》大型丛书揭幕，这套丛书历时3年多，最终编撰而成，每套计6函68册，2800余万字，是新中国成立以来范围最广、力度最大的剧本搜集整理保护工程之一。在当天的揭幕仪式上，陈忠实与易俗社创始人、著名秦腔剧作家范紫东之子范文豹，易俗社创始人、著名秦腔剧作家孙仁玉之子孙永宽等特约嘉宾和多位秦腔名家共300余人参加了首发式，引起全国轰动。正是有了陈忠实这样喜欢秦腔的人，才有了大秦之音，铿锵有力，源远流长，永远绽放。

李禾兄：

您好。这封信到您手时，估计该是新春佳节了，特此向您拜年，恭祝新春愉快，康乐！

在京期间，见到了兰州的文坛名家，欢聚一堂，格外亲切，自然说到您，知您荣任重负，我谨致祝贺。

习作《夭折》得您偏爱，及时予以处理，不胜鼓舞，甚为感谢！最近记起一件遗漏之处，记得稿中有一处空着一段秦腔唱词，为马罗唱的名段《苏武牧羊》中的一段，当时不能记述准确，忘了补填，寄给您了，之后竟忘记了。您若方便，找一段安上去算了，我最近找了找，竟没有找到本子，先写信告您，之后我找到时寄您，可在清样上填补。

祝合家安乐。

致以

敬礼

忠实

85.2.16

1984年12月28日，陈忠实以特邀代表身份赴京参加了中国作家协会第四次会员代表大会。从12月29日到1985年1月5日，代表大会在京举行。会议通过了新的中国作家协会章程、中国作家协会理事和顾问名单。选举产生第四届理事会共236名。巴金当选中国作家协会主席，王蒙任常务副主席。其他副主席有：丁玲、冯至、冯牧、艾青、刘宾雁（1987年被撤职）、沙汀、陆文夫、张光年、陈荒煤、铁衣甫江。

12月29日，胡启立同志在出席大会开幕式致辞中讲道：

生活是创作的唯一源泉。在新的历史时期，许许多多的新情况、新事物、新人物、新问题摆在我们面前，等待我们去了解、去研究。我们殷切希望我们的作家满腔热情地深入到农村中去，到企业中去，到学校中去，到部队中去，到一切有工人、农民、知识分子在其中生活、工作和斗争的地方去，熟悉他们，研究他们。我们并且希望，我们的作家努力掌握辩证唯物主义和历史唯物主义，自觉运用它去认识生活、分析生活、表现生活。最近邓小平同志在谈到“一国两制”的构想时说，这种构想的形成，应当归功于辩证唯物主义和历史唯物主义。这实际上告诉了我们应该怎样从实际出发，创造性地运用马克思主义的基本原理。我想，我们的作家在理解生活和创作构思时，会从中得到启迪。我们还希望我们的作家，主要是广大中青年作家，努力提高自己的文学素养。不少中青年作家已经深深感到，同中外文学大师比，知识和艺术功力都还不足，与我们所要反映的伟大时代很不适应。

在开会期间，陈忠实见到了很多兰州当地和国内都影响巨大的名家，自然有说不完的话，也要提起那个为自己做嫁衣的李禾。

1985年1月25日，陕西省委决定，陈忠实任中国作家协会陕西分会党组成员，4月下旬，陈忠实、贾平凹等人被选举为副主席。这年的8月20日至30日，中国作协陕西分会在延安和榆林召开“长篇小说创作促进座谈会”。《小说评论》(1985年第6期)刊发了题为《增强拓宽意识 推进长篇创作——陕西长篇小说创作促进座谈会纪要》的文章，指出会议采取边参观访问边座谈讨论的方式，在延安、榆林两地举行。会议由作协书记处书记李小巴主持，作协陕西分会副主席路遥、贾平凹、陈忠实，作家、编辑、评论家京夫、董墨、任士增、王绳武、白描、蒋金彦、沙石、子页、王宝成、朱玉葆、王观胜、牧笛、胡广深、师银笙、陈泽顺、韩起、白洁、杨小敏、封筱梅、文兰、张晓光、赵宇共、子心、李康美、孙见喜、李国平、袁林等30多人出席了座谈会。中国青年出版社李向晨、韩亚君同志应邀参加了座谈会。与会者中大部分中青年作家都于近年在全国各大文学期刊上发表过中长篇小说，具有相当的创作活力和潜力。这次会议的宗旨和议题是：了解近年来国内外长篇小说创作的水平和发展概况；分析陕西长篇小说创作的情势及落后的原因；制订陕西三五年内长篇小说创作的规划与设想。

会议纪要指出，陕西的中篇小说创作从总体上看，还处于发端之时，可以说迟慢了半步。近一两年，全国长篇小说创作逐渐繁盛，陕西同一些省市发展的情势相比，似乎又迟慢了半步。在第一、第二届茅盾文学奖评选中，陕西均无作品推荐，长篇小说创作至少在目前仍处于劣势。陕西的小说作家应该清醒地认识这一点，承认这个事实，并应发奋努力去改变这种落后局面。

在这次会上，谈到作家知识结构时，陈忠实指出，作家队伍中，受过高等教育的，以青年作家居多，35岁以上的作家不多，很多人的青年时代都是在十年动乱中度过的，接受知识的途径都堵死了，因而知识残缺。他说，最近一两年，一些作家开始有危机感，他们大都想挣脱一下，摸索一下新的出路。前些年，一些同志只凭一种感情，借助已熟悉的生活和已有的艺术表现能力，写出了一些作品，取得了一点成绩，因而就容易忽视自己的知识建设，作品的内容不丰富，路子越走越窄。一些同志想在创作上再上个台阶，想突破一下、提高一下，就感到无能为力了。他还说，知识结构制约着作家对社会生活的剖析能力。过去，人们都说陕西作家是从农村来的，有生活，并为此扬扬得意。现在，对这个问题必须有新的看法。应该说，过去的作品大多是仅仅描摹生活的表层现象，如关中农村的风俗习惯、人情等。他说，他越来越感到关中这块土地比陕北陕南都沉重，比有山的地方都沉重。对这块古老的土地，它的历史积淀，它上面的社会和人，人的心理和意识等，到底知道多少？研究得够不够？作家所具有的知识是否足以认识这块黄土地？

附信如下：

李禾兄：

您好，收到您给我和路遥的信，有十天了。此前也收到张锐同一内容的信。陕西作协五月就提起了会的议题，要开一个纯粹的中青年作家的会，人数只有三十人，想研究商讨下陕西创作的问题，我们俩是这个动议的提出者。因为搞不到经费，所以迟迟不能开，一直拖到最近才算有了希望，定于八月二十日在延安召开。如果能在八月上旬开，我是一定要去敦煌的，现在只好再待来年了。我没有及时给张锐回复，即是因此故，时间确定不下，请您一定向张锐说明内情，谢谢你们的好意。

《夭折》发后，北影一位中年编剧欲将其改电影剧本，到西安和我谈过设想，我让她去干，我对电影暂时不想染指。

去年十二月和今年五月的两次聚会，见到甘肃的几位朋友，问及您，知您现在工作负累较重，何时能再见一面？如回西安，请务必事先信告。

祝夏安。

致以

敬礼

忠实

85.8.14

1985年5月6日至18日，中国作家协会新疆、青海、宁夏、甘肃、陕西分会和西安电影制片厂发起，并在西安主办了大西北科学与文学笔会，陈忠实、张贤亮、吴天明、路遥、蒋金彦、阎瑶莲、宏亮、肖川、章德益等人参加了会议。《青海湖》（1985年第8期）发表了流舟先生以《团结友谊盛会　当代文坛创举——〈大西北科学与文学笔会〉述略》为题的文章。2019年1月22日上午，位于青海西宁市的网友涓涓水长流得知我正在四处查找这篇文章，他经营的是旧书店，帮我找到了这篇文章，且拍照发来。

文中记叙，陕西作协副主席王丕祥、青海作协副主席王歌行、新疆作协副主席周非、甘肃作协副主席曹杰、《小说评论》主编王愚分别主持了笔会。陕西省有关方面负责人白文华、毛生铣、李若冰、胡采、王汶石、杜鹏程、魏钢焰等同志到会向与会代表表示欢迎。应邀参加会议的专家学者杨宪益、戴乃迭、朱虹、资中筠、资华筠，管理科学家徐行、周怀锷，农民企业家郭士英以及全国最年轻的也是大西北第一个工学女博士王真妮等同志，就文学评论、现实主义文学的振兴、如何看待通俗文学、舞蹈艺术与文学创作、国际关系的新格局、当前经济改革与文学创作、农村改革的新形势等分别做了学术发言。

在这次会上，陈忠实发言时认为，西北五省（区）有各自不同的文化传统，各自的特点，但又有共同的特点。我们大西北的作家要团结一致，共同扛起大西北文学的旗帜。我们生活在这里，要研究、表现这里的生活，就要刻苦学习，丰富自己的知识，改变自己的知识结构，更新自己的观念，知识不更新，观念也更新不了，所以包括生活在内的一切科学知识都必须学习。

1986年，创作谈《收获与耕耘》，刊于《飞天》1986年第12期。这也是他的座右铭：不问收获，但问耕耘。

本来要去嘉峪关参加甘肃作者笔会的陈忠实，已经早早答应了到时要启程去，这样的应允，他已经给李禾说了好几次。可是本来就要在九月里去河西走廊采风的他，被陕西省党代会选举为中共十三大代表。他这次又不能参加了，只能给李禾提笔回信，表达自己内心深处的歉意，这种歉意，是在文学和友谊的基础上，最虔诚的表达。见信如下：

李禾兄：

您好！八月二十日信悉，请释念。

得知甘肃在嘉峪关举办本省作者笔会，能邀我与志安参加，已是破例，您费了很大周折，我已很不忍心使您的好心得不到“好报”。因为在我，真有点不像话了，我春天给您交信时，是下定了决心的，省内的什么事也决计于不管，可是事到临头，又由不得我了。原因是，出我意料之外，六月省党代会选我为十三大代表，目前通知，九月份不要出远门，等候十三大召开的具体日程，有说九月，有说十月，一俟有准确的日子，那就好办，如果时间上能错开，我就争取去，我记着您说的时间，“九月中旬去”。请您给作协领导致歉，谢谢你们的美意。

我今年来基本停笔有半年了，读一些书，想一些自己写作上的问题，整饬一下，再做后计。

志安尚未见面，我尚不知他能不能去，我待见时，一定商议一下。

祝您愉快。

致以

敬礼

忠实
87.8.27

中国共产党第十三次全国代表大会于1987年10月25日至11月1日在北京举行。赵紫阳做了《沿着有中国特色的社会主义道路前进》的报告。报告阐述了社会主义初级阶段理论，提出了党在社会主义初级阶段“一个中心、两个基本点”的基本路线，制定了到下世纪中叶分三步走、实现现代化的发展战略，并提出了政治体制改革的任务。参加这次大会的正式代表1936人，特邀代表61人。陈忠实就是正式代表之一。

在参加十三大期间，他在日记里记下了自己的心理感受和所见所闻。那时候正赶上中国和日本足球队为争夺1988年汉城奥运会资格赛的决赛。作为资深球迷的他，怎能错过呢?

陈忠实曾经说:“我给自己的角色顺序是，先是个球迷，其次才是个作家。”熟悉陈忠实的人都知道，他是一名地地道道的球迷。2001年3月28日《三秦都市报》上曾专栏刊登过他的《足球与城市》等文章。他写道：足球是动态的，有足球的城市便添了动态的美，足球是一种进取精神最富激情的展现。有了足球的城市便呈现出锐意进取的精神。足球展示给世界的是一种生命的活力，有了足球的城市就多一分生动。足球是属于年轻的生命的，有了足球的城市便不会老化。足球是地球上所有种族、各种肤色的人共同拥有的无须翻译的语言，有了足球的城市便具备了与世界城市对话的一种基本功能。

就在这年，陈忠实说他基本停笔半年了，他指的是中短篇小说。他有一件事还没来得及给李禾透露，就是要准备写长篇小说了，这种创作上“聚气”的准备，他不轻易告诉别人。即使是何启治，他也只是透了点底，并“随即叮嘱他两点：不要告诉别人，不要催问。如同农家妇女蒸馍馍，熟透之前是切忌揭开锅盖的”。短篇小说、散文、报告文学等，还是写了一些，都被当地的报刊拿了去，很快就刊发了出来。在1987年春夏之交，他就开始到蓝田县去查阅和通读《蓝田县志》。读完了，又到长安县去查阅《长安县志》。走到长安，必有朋友们接待，那个夏伏天的夜晚，闲聊之中将创作长篇小说《白鹿原》的事情说了出来。

这是45岁的他，把自己这些年来创作过程中的艰辛说出来，并第一次跟别人提起这个“枕棺之作”的大部头来。这不仅仅是争口气，更是自己这么多年累积后的一次薄发啊。

在《白鹿原》写作之前，自1973年11月在《陕西文艺》发表《接班以后》开始，到1988年6月完成《害羞》（刊于《鸭绿江》1989年第1期）为止，共写了短篇小说54篇；自1981年1月开始写中篇小说《初夏》(刊于《当代》1984年第4期)起，到1988年1月在《延河》发表《地窖》止，共写了9部，且多篇荣获了全国刊物的各类奖项。

第三节　白鹿原的日子

1988年4月1日，春暖花开，蓝田原上万物生机。《白鹿原》这部巨著的第一行字写在了陈忠实的草稿本上，长篇小说《白鹿原》创作正式拉开序幕。1989年1月,《白鹿原》初稿完成，共计40万字。稍作休息，4月，他又开始了《白鹿原》二稿的书写。8月，正值关中秋伏天，酷热难耐，便前往作家峻里位于灞桥洪庆郭李村的老家窑洞里继续写作，完成了《白鹿原》第十二章。1990年3月至7月，继续《白鹿原》正式稿的写作。再剩不到10万字时，他在给李禾的信中说，自己陷入长篇而不能解脱，并表示年内一定要完成。在信中，他还和李禾就陕西的其他作家的情况做了交流。平凹肝病住院，数治不愈；白描离开了陕西文坛，尤其是在周至县的王晓新埋头写着长篇小说，这时的邹志安也正在奋笔疾书，总有写不完的长篇小说，双方祈福并相互告知珍重。见信如下：

李禾兄：

您好。五月二十八日信悉，请释念。

许久不见面又不通信息，颇以为念，与您同感。我陷入长篇而不能解脱。本应早点结束，公事和家事无法摆脱，写写停停，拖拖拉拉，现在已接近后部，今年内肯定要摘除这个心头负累。至于结果是无法预料了，很大程度上估计不在我的。

《飞天》仍能发行万份以上真是勉为其难了，一般月刊大概都达不到这个订数，这个刊物已不会被读者冷漠，这是最大的欣慰。

陕西这边几位朋友，状况依旧，平凹春天住院，现已恢复，还借医院养着。白描举家迁往北京（老婆原为北京知青），正在本月中旬起程。晓新久住周至，几乎与作协失去联系，他在闷头写东西，已出版长篇一部（解放军文艺社），志安及晓蕾夫妇均无大变异，何时借着机会，能相聚一番，才如人意。

您现在在搞创作还是搞编辑？不甚了了，盼能于双重负重中珍重身体，不可过量。

并祝家人安好。

致以

敬礼

忠实

1991.6.15

（寄上小册子两本请查收）

1988年4月，中国乡土小说丛书之一，陈忠实的中篇小说集《四妹子》由中原农民出版社出版发行。书定价3.5元，字数230千，一版一印，印数5460册，责任编辑李明性。全书收录《十八岁的哥哥》《蓝袍先生》《四妹子》三部中篇小说。

内容提要说，陈忠实是位土生土长的陕西乡土作家。他的小说质朴、浑厚，像关中平原的黄土地一样。这部集子所选三部中篇，是他近两年的小说新作。每部作品都写了位极可爱的人物，不论是出身耕读世家的乡村教师“蓝袍先生”，还是嫁到平原上的陕北姑娘“四妹子”，或是高中毕业刚回乡的“十八岁的哥哥”，其对人生的体验都很耐人寻味。人生是一部大书。这本展示人生的小说会给你许多联想和启迪。

他在这本书的后记里说：想到刚刚编成的这部小说集将交由中原农民出版社出版，我的心情尤其舒悦。一个以八亿农民为读者对象而专门出版农村题材文学作品的出版社，首先在感情上使我有一种亲近感，其魄力和眼光更使我钦敬。

1991年1月，“又一村”系列图书之一，短篇小说集《到老白杨树背后去》由陕西人民教育出版社出版发行。书定价2.7元，字数133千，一版一印，印数4600册。全书收录包括《蚕儿》《初夏时节》《土地——母亲》《霞光灿烂的早晨》《绿地》《旅伴》《送你一束山楂花》《夜之随想曲》《毛茸茸的酸杏儿》《灯笼》《到老白杨树背后去》《打字机嗒嗒响——写给康君》《兔老汉》《山洪》《窝囊——献给古原的女儿》《轱辘子客》共16篇。

前两年忙于创作长篇小说，耽误了家庭，疏忽了朋友，就在这部皇皇巨著马上要写完时，总是不忘给朋友们写信，并寄送上自己近年来出版的作品。文人之间，书是媒介，也是彼此更加了解的桥梁。

1992年1月29日，农历一九九一年十二月二十五日，《白鹿原》书稿写完。

陈忠实时年50岁。19年前，也就是1973年身为人民文学出版社分管西北片的编辑何启治，在读了陈忠实的短篇小说《接班以后》，就向陈忠实约过稿子。1984年又在

《当代》杂志第4期编发了陈忠实的中篇小说《初夏》，两人20年来互相惦记，联系不断。俗话说，君子一言，驷马难追。看着自己辛苦写完的厚厚一摞书稿，他提笔给人民文学出版社何启治写信，告知他这本叫作《白鹿原》的长篇小说已经写作完成，正在修改之中，并将于3月下旬完成。他还在信中问及，是他将稿子送往北京还是出版社派人来取，并请何启治定夺。

这个时候的何启治，已担任人民文学出版社《当代》杂志的常务副主编，他收到陈忠实的信后，交给当时主持工作的人民文学出版社副总编辑朱盛昌等人传阅。大家商量后决定派人文社当代文学一编室（主管长篇小说书稿）的负责人高贤均和《当代》杂志的编辑洪清波一起去拿稿。何启治把高、洪两人所乘火车的车次告知作协陕西分会，作协办公室的人又把电话打到陈忠实所在的乡镇，由乡镇通讯员把电话记录送到陈忠实手里。陈忠实一看，高、洪两位所乘火车到西安的时间是西安天亮的时候。3月23日一早，西安正值春雪天，人民文学出版社编辑高贤均、洪清波抵达西安火车站，陈忠实早早安顿好生病的老母亲，在火车站接到两位北京来的编辑，带到作协招待所住下，说稿子最后的三四章内容还没有修改完，请他们休息两天。3月25日早晨，他从白鹿原的老家赶来，在招待所将厚厚的书稿交给了两位编辑。

7月初，陕西省委任命陈忠实为中国作协陕西分会党组成员、副主席。并在这月，通过电话得知,《当代》已确定1992年第6期和1993年第1期对《白鹿原》进行连载，大约得删掉10万字。10月，陈忠实当选为党的十四大代表。

11月12日，在接到李禾的信时，一边牵挂的是《白鹿原》的审读和出版，一边是作协的事务性工作。11月17日，作协陕西分会副主席、党组成员路遥因肝硬化腹水医治无效病逝，享年43岁。其代表作《平凡的世界》以恢宏的气势和史诗般的品格，全景式地展现了改革时代中国城乡的社会生活和人们思想情感的巨大变迁，并于1991年荣获第三届茅盾文学奖。

路遥去世后，陕西的作家群体陷入悲痛之中。11月21日，路遥悼念大会举行，陈忠实致悼词，他说，我们不得不接受这样的事实，无论这个事实多么残酷，但至今仍不能被理智所接纳，这就是：一颗璀璨的星从中国文学的天宇陨落了！一颗智慧的头颅中止了异常活跃、异常深刻也异常痛苦的思维。这是路遥。无不令人伤悲啊！

12月，陈忠实任《延河》主编。同时，长篇小说《白鹿原》通过人民文学出版社当代文学一编室初审。

逝者已去，文学的大旗还得扛着继续前进。陈忠实提笔给李禾复信，诉说了《白鹿原》的历程和《当代》连载的一些要求。此时，李禾已经离开了《飞天》编辑部，去了甘肃省作协任职。在给李禾复信中，陈忠实还附上了人民文学出版社高贤均的来信。全文如下：

李禾兄：

您好。十一月十二日信悉，请释念。

得悉您已脱离繁杂的编辑事务，而能潜心创作，我以为是很好的选择。大作已给编辑部认真叮嘱过，会有妥当安排的，请放心。一当定夺，再告之。

路遥早逝，令人悲惋。志安在医院疗治近来已见好转，但仍不敢轻心，毕竟是那么谈虎色变的坏症。您的关切，我一定转告。观胜已脱离《延河》，与徐岳合编《中外纪实文学》，任副主编，主要是想掏企业家腰包，您若有兴趣，也想挣点比稿费宽裕的收入，可以写点企业家文章，与我或徐、王联系即可。

我的那部长篇书稿《白鹿原》历四年写作时间，于今年三月彻底脱稿，后经人民文学出版社和《当代》来人取走稿子，已作出具体安排，《当代》于今年六期和明年一期连载，各20万字。因书稿太长需删近10万字，这已是很够意思的处理了。全书约50万字，由人民文学出版社出书，不做删节，大约到1993年6月前后见书。《当代》是双月20日出版，12月下旬可以看到前半部分，您若有兴趣，可请届时一阅，为弟指点迷津。这部书稿他们评价甚高。

《当代》原拟删除一些有碍观瞻的描写，后改变主意，决定挖掉其中有相对独立性的几章，以避免“遍体伤疮”。我原来想给您写信，把他们挖掉的几个整章在贵刊发表，以便于读者阅读，再三考虑，怕给您添烦，就没有说这事，您若觉得有必要，我可以把明年一期要发的后半部分挖掉的两三章在贵刊发出，如能在贵刊三月发出，正好接上《当代》一期的出版（2月20日）。如果赶不上，四月也不晚，您酌定。前半部分挖掉的两章无论如何已无法弥补，将来我与当地报纸联系，让他们在周末增刊上发表，起码让当地读者可以读到全貌。

人民文学出版社高贤均信附上，请参阅。高为人文社出书一室副主任。

若能回西安，聚欢以为幸事。

祝冬安。

致以

敬礼

忠实

92.12.5

老陈：

您好！

我们在成都待了十来天，昨天晚上刚回到北京。在成都开始拜读大作，只是由于活动太多，直到昨天在火车上才读完。感觉非常好，这是我几年来读过的最好一部长篇。犹如《太阳照在桑干河上》一样，它完全是从生活出发，但比《桑干河》更丰富更博大更生动，其总体思想艺术价值不弱于《古船》，某些方面甚至比《古船》更高。《白鹿原》将给那些相信只要有思想和想象力就能创作的作家们上一堂很好的写作课，衷心祝贺您成功！

出书我看是不成问题了，责任编辑是刘会军，也是您认识的。关键是《当代》。我将向朱盛昌、何启治建议分二期全文刊载。洪清波与我看法完全一致，他会在《当代》尽力“鼓吹”。

先简单写几行字，以解悬望。《当代》方面一有消息即告。如见到田长山、小阎请代为问候。问您夫人好，感谢你们的热情款待。

握手！

高贤均

1992.4.16

（高为人文社一编室副主任，洪为《当代》编辑。两人3月25日来取稿，3月30日转四川——陈忠实注）

1992年9月，何启治调任人民文学出版社副总编辑，分管当代文学的出版工作。他于1993年1月18日，签署了《白鹿原》书稿最终审读意见：

这是一部显示作者走向成熟的现实主义巨著，作品恢宏的规模、严谨的结构、深邃的思想、真实的力量和精细的人物刻画（白嘉轩等可视为典型），使它在当代小说之林中成为大气的、有永久艺术魅力的作品。应做重点书处理。

李禾兄：

您好！年好。

大作已发《延河》四期，请释念。

前信曾向您提及习作《白》书的事，现已在《当代》1992年6期发出，下半部也将在1993年1期面世。下半部挖掉的两章已在《延河》四期安排，所以亦请您释念。《延河》已确定由徐岳负责，任主编，工作刚开始，盼得到您的支持。

祝安健。

致以

敬礼

陈忠实

93.2.10

1993年6月，《白鹿原》（1版1印）由人民文学出版社出版，印数14850册，定价12.95元，责任编辑是刘会军、高贤均、何启治。当年，陈忠实当选陕西作协主席，在参加完于北京举行的研讨会和于西安举行的首发式后。9月，即赶赴兰州，与一直支持他的甘肃热心师友和读者们见面，接受媒体采访，在新知书店签售，同时举行了“陕甘作家座谈会”。

1997年12月，第四届茅盾文学奖揭晓。本届评选的范围是1989年至1994年间发表的长篇小说。当年入选的作品除了陈忠实的长篇小说《白鹿原》（修订版）外，还有王火《战争和人》（三部曲）、刘斯奋《白门柳》（第一、二部）和刘玉民《骚动之秋》。

2000年2月11日，李禾写信，邀请陈忠实给《飞天》50周年题词。陈忠实就像给文学作品一样，给自己的老朋友送上了书法作品。他的书法作品笔画刚劲有力，一笔一画都透露着文豪气息，质朴刚健，筋骨丰然，字体端正，笔意劲遒。乍看质朴无华，细读却外朴内秀，外柔内刚。像是作家本人的态势，不紧不慢，从日常生活中走来，真实，本真，淳厚，清朗。在回信中，谈了他对书法的理解和感受。信件如下：

李禾兄：

您好。二月十一日信悉，请释念。

给您的字，一直没有写，只是想着待写得较好些时，再给您写。在成都与高平兄相遇，便借机还了愿。我没有练字，从来没有专门练过字，一回也没有。只是别人要写，就写得多了，字也就能顺眼一点。写字其实也就是手腕上一点功夫，多写就有了。我对毛笔字的欣赏属于实用派，即把毛笔字当字写的那种。而刻意把字当画画的那些书法，我倒不太喜欢。

您若能回到西安，自然多了相聚相会的机会，当会其乐无穷。祝愉快。

忠实

2000.2.22　夜西安

2000年8月22日，是《飞天》创刊50周年的日子，编辑部举办了大型的纪念活动，来自全国的作家参加了活动。《飞天》历届在兰州的编辑清波、谢宠、曹杰、刘传坤、雪犁、李禾等人也同时参加了会议。当日，《兰州晨报》以一个整版的篇幅，在“祝贺《飞天》五十华诞”的大字醒目标题下刊登了近六千字的《飞天》历史沿革和陈忠实、贾平凹为刊物的祝词。

陈忠实两行大字饱蘸浓情，两方红印力道厚重：“胸中大气笔底雄风落纸云烟——祝贺《飞天》创刊五十周年。”

第四节　永远的忠实

2016年4月29日早8时许，接到信息——茅盾文学奖获得者陈忠实先生因病医治无效，驾鹤西去，我顿时泪水溢满眼眶，便给陈老师的女儿发了信息表示悼念，并祈节哀。想起和陈老师的几次见面，先生的谆谆教导，字字铿锵有力，历历在目，更是难受不已。

作为文学爱好者，我和所有的人一样，对先生的作品百读不厌。我初到西安，就去先生小说里描写的白鹿原。站在原上，读着小说《白鹿原》，这是一轴多么斑斓多彩、触目惊心的中国农村长幅画卷啊，将渭河平原上五十年变迁的历史描摹得如雄奇史诗般，给了我们这些读者心灵上的震撼。

2009年秋，北京人艺版的话剧《白鹿原》在西安上演。我作为工作人员，负责接待陈忠实先生及夫人一行。在与濮存昕、郭达等主演聊天时，两位主演说，在西安演《白鹿原》，和在其他地方演出的感觉不一样。濮存昕跟陈忠实先生说，他不是陕西人，在陕西人面前说陕西话，压力很大，甚至在第一场演出时还略微紧张。陈忠实先生一直对两位主演夸奖有加，说他们把《白鹿原》演到自己心里去了，演出的效果比自己的小说感觉还好。陈忠实先生还夸奖郭达，说咱乡党离开陕西这么多年，陕西话还说得那么地道，有味道。陈忠实先生还说，自己不懂舞台艺术，但是郭达扮演的鹿子霖，简直就是活生生的人物形象。晚上演出结束，几位主演送别了陈忠实先生，先生出门时还念叨着全体演职人员对艺术的无比追求，是多么地用心用力。

2013年，陈忠实先生的第100本书，也是先生最看重的散文随笔集《白墙无字》由西安出版社出版，首发式在西安图书交易博览会上举行。我作为文学爱好者，站在千余人的队伍中，等着陈老师签名。我去得早，在队伍的前列，先生一出场，队伍就沸腾了起来，大家喊着向老师问好，先生双手合十，向大家致意，并不断地说着“谢谢”，他还说“感谢大家来给我老汉哄场子”，话语幽默中带着调侃，让人感受到文学巨匠的无比谦逊和随和。也就在2013年，我的散文集《光阴史记》出版发行，在一次会议上，我呈上请先生批评，先生认真地翻阅了几页，说好娃哩，你们这些80后，能把咱这乡土写得这么有真情，看来咱陕西的乡土文学，还是有后来人。听了先生的几句话，我感到无比惭愧，先生写了那么多经典之作，给了我们读书人多少精神食粮，他就是我们心中的文学之神啊。

先生的离世，让人无比伤痛。当天的各大圈子里，都在以不同的方式纷纷悼念。下午两点多，西安工业大学的冯希哲老师说，在省作协和先生的家里均设了悼念堂，我便打了车向位于建国路的省作协去。司机来了，说你去省作协？我说是，司机说我知道那个地儿，他和我开始了拉话。他说你是不是去吊唁陈老师，我说是。司机姓陈，中年男人，说他那时候租赁过省作协大院的房子，他与陈老师有一面之交。他说陈老师那时候上班提个破旧了的黑皮包，每天走到传达室，自己亲自去取报纸和信件，取了后，就夹在胳膊下走进自己的办公室。有天先生在作协的院子散步，他鼓起勇气让先生给自己写几个字，先生二话没说就写下了“鸿鹄凌云，气贯长虹”八个大字，并与自己合了影。后来他跟先生说，送点润笔费过去，先生坚决地说，你把我老汉当成啥了。陈老师言辞坚定地回绝，其淡泊名利的心境，更令司机师傅至今念念不忘。他还说，让我去了代替他磕几个头，这是对陈老师的最大的感谢和无比怀念。

到了省作协，已是人潮涌动，从各地来的人士纷纷敬献花圈。高桂滋公馆的悼念堂正在紧张布置，省作协大门上已经挽上了肃穆的花帐。敬献的花圈出来，我的眼泪又再一次涌动，一代巨匠已经离我们远去，我们永远想念他。

4月29日，陕西省作家协会发布讣告，内容如下：

中国共产党优秀党员，中国作家协会副主席、陕西省作家协会名誉主席，我国当代著名作家陈忠实先生，因病抢救无效，于2016年4月29日7时45分逝世，享年74岁。

李禾知道陈忠实逝世的消息后，悲痛地写下一段话：

陈忠实去世了，我听了吃惊得合不上眼睛，我今年83岁，比忠实大近10岁，没想到忠实却死在我的前头，真是世事无常呀！想起我过去和忠实的交往，历历在目，令人神伤。翻出30年前写他的一篇旧文，托学生石岗拿出去发表，也算寄托对他的哀悼吧！我也要告诉忠实，老哥现在走不了路，出房子都困难，你就原谅老哥不能到灵堂送你吧！

陈忠实去世后，中国作家协会、中国电影家协会，河北省、福建省、湖南省、海南省、甘肃省、青海省、四川省等全国多地作协和文化界王蒙、铁凝、蒋子龙、白烨、白描、范曾、刘成章等诸多人士，国内诸多文学刊物纷纷发来唁电，对陈忠实的不幸离世表示哀悼和怀念。

陈忠实曾在散文作品《我的秦腔记忆》里说："我看过、听过不少秦腔名家的演出剧目和唱段，却算不得铁杆戏迷。不说那些追着秦腔名角倾心倾情胜过待爹娘老子的戏迷，即使像父亲入迷的那样程度，我也自觉不及。我比父亲活得好多了，有机会看那些名家的演出，那些蜚声省内外的老名家和跃上秦腔舞台的耀眼新星，我都有机缘欣赏过他们的独禀的风采。"陈忠实生前喜欢秦腔，更是一个忠实的戏迷。他的去世，更是令戏曲界艺术家悲痛不已。华阴老腔、省戏曲研究院、西安易俗社等院团的艺术家悲悲戚戚，一段还没唱完，早已是泪流满面。

2016年5月5日上午，陈忠实的遗体告别仪式在凤栖原的西安殡仪馆举行。数千人的队伍络绎不绝，黯然伤神。著名作家红柯更是在人群中，高举着一册当年刊发《白鹿原》的《当代》杂志，他满头的卷发，满脸的络腮胡子，是那么令人瞩目。而如今，更令人悲痛的是，56岁的他，于2018年2月24日也因心脏病突发而追随陈忠实远去了。他去世前，最新一部长篇小说《太阳深处的火焰》刚面世，他一生留下了12个长篇、35个中篇、100多个短篇，300多篇散文，有800多万字。

陈忠实逝世后，全国各地的怀念文章铺天盖地而来，《陕西日报》作为地方党报，更是专门开辟版面，以“秦地留白，忠实永生”为题，整版整版地刊登有关信息和纪念文章，一时洛阳纸贵。

后来从媒体得知，在陈忠实弥留之际，时任省上主要领导前往医院探望，他仍然心系陕西发展，寄语书记省长：“陕西会再大发展……”陈忠实先生临终前两天不能说话，躺在病床上给省委书记娄勤俭写道：“感谢娄书记关爱，祝贺你任陕西书记，一定会给陕西乃至全国发展做出伟大贡献。再次谢意。”

陈老给胡和平省长写道：“感谢您对我的关心厚爱，祝贺今日当选陕西省省长，以您的远大理想和智慧，陕西会再大发展，人民相信您。我再次感谢您在第一天当省长来……”

2018年6月，陈忠实生前的身边人给我一套线装的《白鹿原》，让我转送原任省委主要领导的工作人员，原来就在陈忠实弥留之际，为了感谢组织对他个人的关怀，还签赠了一套书。没想到后来一直没有机会给。我接到这套书时，看着陈忠实洒脱刚劲的字体，眼泪又止不住地流下来。拿到书，我就赶快给领导身边的秘书长发微信，说了事情的原委。秘书长很快发来微信，说：“大师已去，文脉长存。我是见证了娄书记对陈老师等作家关心的，并随他看望了病中的陈老师。这一套书，见证了一位领导和一位作家之间特殊而深厚的情谊。”

长歌当悲天当哭，白鹿隐没塬头无。

我们永远怀念他。

第二章 文坛快手贾平凹

莫言在《我眼中的贾平凹》一文中写道："平凹先生在陕西作家，甚至在中国作家里，在他这个级别的、这个年龄段的作家里，是出国最少的一个，出了寥寥无几的几次国，而我们前几年经常一年出去五六次，最多的时候一年出去八九次。平凹兄在陕西省作家里面是出省最少的。他来北京的大学都是屈指可数。而我们这几年，可能全国的起码三分之一的大学都到过了。平凹先生出国少、出省少、应酬少，但是一直在闷着头写作，所以他的作品最多，作品的质量一直保持着很高的水准，而且在不断地否定自己。从20世纪70年代末到现在将近40年的历程，短篇小说、中篇小说、长篇小说、散文，在各个方面、各种文体都有创造性的贡献。要研究中国当代文学，如果把贾平凹漏掉，那是不可想象的。"

40多年来，贾平凹共创作出了千万字的文学作品，出版了500多种作品或作品集，并且以30多种语言翻译至国外。

第一节　烽火岁月与《满月儿》

1975年，贾平凹23岁，刚从西北大学毕业，已发表作品25篇，本来是从哪里来，毕业还要回到哪里去的他，被分配到陕西人民出版社文艺部工作，时任助理编辑，工资39.5元。住单位6平方的房，起名“凤凰阁”。

时值“文革”末期，劳动模范王保京的事迹享誉全国，令礼泉烽火这个名不见经传的村子引人注目。贾平凹被组织派遣协同文化部门的人编写《烽火社史》，领头编写社史的是出版社文艺部负责人陈策贤和时任礼泉县委副书记的李若冰，和贾平凹一起去的还有陕西师范大学中文系的白志钢和礼泉县文化馆的邹志安。村民纯朴的渭北风情令商山丹水中熏陶长大的贾平凹眼前一亮，灵感顿生。烽火村的发展是中国农村前进的典型代表和缩影，“大跃进”，合作社，无论是否科学可行，烽火人总是激情澎湃，乐观勇敢。在走访编写《烽火社史》的间隙，贾平凹用敏锐的眼光观察、感受着生活。23岁，正是风华正茂的创作年龄，鲜活的人物和诗意的生活让贾平凹文思泉涌，一气呵成，写出了《岩花》《果林里》《满月儿》等小说。

贾平凹曾经写过一篇叫作《无法不敬重他》的文章，追忆了他和李若冰的过往。全文如下：

陕西老一辈作家里，我认识最早的是李若冰。那时他全家住在北大街的一座居民楼上，房间狭窄，周围嘈杂，我和陈策贤去了那里。他俩为编辑出版《神泉日出》一书而高谈着，我就静静地坐在一旁听。他相貌堂堂，气度雍容，但有些口笨，和陈策贤说过一阵话了，又歪过头问我几句。陈策贤是资深编辑，我只是陈的助手，他和我说话完全是怕我被冷落，还递过烟来，说："你抽你的。"我自然也大了胆子，走近他的书桌，看他的笔，看他的手稿，觉得很是亲和。之后，因稿件的增补和校样，我独自去了几次，我们的说话就多了，当得知我从大学刚毕业，也尝试着写作，他显出几分激动来，让我把我的习作带去给他看看。但我没有带我作品给他看，有些不好意思。后来，我被派去烽火大队，领陕师大一批学生写烽火社史，他那时也在礼泉县兼县委副书记，又直接指导着我们，十天半月他就来了。他每次来一出现在村口，就有小孩先跑来告知我们：李书记来了！往往远远看见了他，走近却需十多分钟，因为村里人都和他熟，和这个说了，又和那个说。这一回较长时间的相处，我们就成了忘年交。20多年里，我的创作和生活他一直关心着，我对他始终心存着一种亲近感。

他是一位杰出的作家，那一本《柴达木手记》我是初入文坛时认真拜读过，前不久又读了一遍。这是一本充满清正之气的风格独特的书。它并不过时，因为它写得很真实、朴素，歌颂的是关于人的崇高的奋斗精神，歌颂的是中国西部的壮美的风光。他年轻时写《柴达木手记》，晚年写《塔里木书简》，令我惊叹的是他旺盛的创作生命力。他的思想从不保守，思维开放而活跃，这使得他的创作在60年间没有出现枯竭，且常写常新。这一启示对我们晚一辈作家特别重要。如何保持创作的活力？除了永远沉于生活之中，就是要不断地更新自己，不断地咬断自己的茧壳，使自己的感觉永远鲜活。中国的政治运动多，许多人写东西到老年时无法再收入自己的文集中，也有许多人到了晚年写下的东西你无法想象是他写的。而李若冰是常青的作家，更是一位真诚的作家。

李若冰因他的创作成就和德高望重，曾长期担任省文学艺术界的领导。他得到众多作家、艺术家的尊重和热爱。我从未听到过对他的非议。而他爱才如渴的品行到处被人传颂着。我的创作道路极不平坦，常常受到挫折，每一次在我落寞之时，他总是给予特别的关照。有一年在陕北开会，我正受到批评，许多人都有意躲开了，他却故意在稠人广众之时拉我和他在一起，甚至离开会议，和我单独出去活动。那些情节和细节至今历历在目，一回想起来，心里充满暖意。锦上添花人人都可以做到，雪中送炭却并不是每一个人都能做到的，何况他是一个有身份、有地位的人。据我所知，陕西有相当多的年轻作者受到他的提携和栽培，许多人如果没有他的呵护，很难在文坛上立脚，至少是自生自灭了。可以说，陕西文学艺术发展到今日，他是做了很大的贡献的。

作为作家，他杰出而常青；作为长辈，他宽厚而善良。我有幸生活在西安，有幸写作在他做领导的环境里，我祝福他身体健康，创作再有收获。

就是这篇文字，贾平凹深情回忆了李若冰先生在文学之路上对自己的鼓励和栽培，尤其提到了和许多文坛大家在礼泉烽火深入生活的时光，创作出了短篇小说《满月儿》。

1975年11月12日起，历时12天的全省性的短篇小说创作座谈会在陕西省文化局招待所举行，会议由陕西省文艺创作研究室主办。贾平凹、邹志安、京夫等一群活跃于文坛的青年作家满怀期待地参加了这次会议。正值寒冬，窗外寒风凛冽，可是青年作家们期盼已久，内心火热。这次会上，王汶石、杜鹏程、陈忠实等为参会人员做辅导发言。

1976年，国家级文学刊物《诗刊》《人民文学》等杂志相继复刊。这个时期的贾平凹刚刚吃上商品粮，没有了后顾之忧，开始废寝忘食、发疯似的写作。他写作最初，并没有强烈的成名的欲望，但是他就是想发表，想让自己一笔一画写下的文字变成铅字。虽然稿件如雪片般寄出去，退稿信也似雪片般飞来。

孙见喜曾经写过，说贾平凹“把127张退稿签全贴到墙上，抬头低眼看到自己的耻辱”。贾平凹在接受采访时，忆起那段时光时说：“这些退稿签，一半是铅印的条子，有的编辑太忙，退稿签上连名字也未填上。那时当然也苦闷，很想把心绪调整一下。适在这时，各单位都要出人去市上修人防工事，这样，我便自告奋勇去挖地道了。挖地道真好，先开一眼猫耳洞，再四向开扩，又纵深掘进……我忽然问自己：创作也是这样吗？我的猫耳洞在哪里？”1977年9月初，贾平凹回到商州棣花镇半个月，等他9月23日回到单位时，收到了来自甘肃《飞天》杂志社李禾的信。信里，李禾说自己已经回到了西安，要见贾平凹。李禾知道贾平凹这个年轻娃的文笔，他要和贾平凹商量改稿的事情，可是事有不巧，人没有见上。贾平凹看到信后，去了李禾家两趟，都没有见上人。但是，李禾的信让贾平凹心里异常感激，就在灯下拿起笔，给他心中尊敬的编辑回信：

李禾同志：

您好！我因事回家了15天，23日下午赶到出版社，看到您的信，当即赶到您家，但门锁着，第二天又去了一趟，还是未见，得知您已走了。实在遗憾！也实在对不起您！

您的意见，提得很好，我作了修改，不知是否可以，你们看后，若还要修改，再来信吧，我是不烦删改的。（只是文中提到的“鞋耙”，这是陕南农村打草鞋的工具，没有别的话可代替，就保留了原话。)

非常感谢你们对我的关怀，我虽经常写些小文章，但的确在各方面幼稚得很，衷心希望你们往后多加指导，使自己进步得大些。

我决心以后尽量多练习写些东西给贵刊，因为陕西、甘肃是邻省，一些风俗习惯差不多。这就要请您多多帮助与培养了。

望多来信！祝您一切都好！

敬礼！

陕西人民出版社

贾平凹

77.9.24晚

这个时间，也是贾平凹在礼泉县烽火村编写《烽火社史》的时间。在礼泉，他的日子是枯燥的，也是很乏人的，白天做调查，开座谈会，不停地搜集材料搞社史。这项活儿，对他来说是工作。他作为陕西人民出版社的一名年轻编辑，负责出版社临时交办的这项工作。除了搞社史，他的另外一项工作就是抓紧写作。平凹不停地写，他很注重深入生活，因为只有深入到生活中，才能收集到鲜活的内容。到了村里，他和“大队农科所的那帮年轻人，一起精屁股下河游泳，一起烧野火煨豆子吃，一起用青烟叶卷喇叭筒来吸”，这都是夏季的很有意思的日子，其乐无穷。

1977年11月，已经冬深，回到西安的平凹，又给李禾写了封信。在写这封信前，他给李禾寄去了自己的小说《清油河上的婚事》。这次写信，又寄去了《短篇二题》。

尊敬的李禾同志：

您好！

好久未给您去信了，望原谅。

您到西安，未能见上，十分遗憾。《清油河上的婚事》随后给你们寄去，可否收到？因未见你们来信，心中不免有些焦虑，以恐丢失。

今寄来两个短篇，十分粗糙，望您审阅吧。若可以，尽可能列为一组，总题：短篇二题。因为每一篇很短，在别的刊物上，如《安徽文艺》《延河》上都用这个总题。若觉得基础太差，望能退稿。

几时再回西安呢？一定来社指导吧！

盼能经常来信！

敬好！

贾平凹

77.11.28

于西安

后来，《清油河上的婚事》发表于《甘肃文艺》1978年第2期。这篇小说，是他以故乡为题材，对故乡一腔饱满热情下的洋洋洒洒之言。1977年11月28日，贾平凹将自己的《短篇二题》寄给了李禾。过了四个月，《短篇二题》发表于《甘肃文艺》1978年第4期。

2018年8月，我以150元的价格，在旧书网上买回了《飞天》60年典藏丛书。这套丛书是为了纪念《飞天》创刊60周年，《飞天》杂志社精心编选的。丛书于2010年10月由甘肃文化出版社出版发行，共分9卷12册，包括中篇小说卷（上、下）、短篇小说卷（上、下）、散文随笔卷（上、下）、社会诗歌卷、大学生诗苑卷、诗词之页卷、我与文学卷、戏剧影视卷和纪事卷，兼具资料性、可读性和珍藏性。贾平凹发表于《甘肃文艺》1978年第4期的《短篇二题》收入其中。《短篇二题》包括《威信》《石头沟》两篇。

1977年6月，贾平凹的第一本故事集《兵娃》，由中国少年儿童出版社出版，定价0.24元。这是一本反映农村中两条道路斗争的短篇小说集，有浓郁的生活气息，语言朴实风趣，生动地展现了当时农村少年一代的新风貌。我看到此书是在西安市的旧书市上。这本薄薄的册子，共包括《荷花塘》《小会计》《小电工》《兵娃》《参观之前》《深山出凤凰》六篇故事，外有一篇后记。

1978年3月底，西安已经有浓浓的春天味道。贾平凹将自己刚出版不久的作品寄给了李禾。还写了一封短信：

李禾同志：

您好！

十分感激您的关怀。谨向您和贵刊同志表一谢意！

今寄去《兵娃》两册，望指正。这些文章，全是在上大学期间写的，毕业后，收选集的，质量很差。

我准备再过十多天，将自己几篇习作再寄您。眼下着手再修改一下。

最近我正在为安徽出版社修改一个中篇，工作进行了一半，白天没空，只有晚上干，又加上自己水平太差，吃尽了苦头！

西安形势很好。这几天，差不多是夜间下雨，白天晴，春天的空气真好。

望多联系，多多指导，帮助我长进尽可能大些。

遥祝您一切都好！

贾平凹

78.3.30

在这封信中，贾平凹告诉李禾他正在为安徽的出版社修改一个中篇，这篇中篇应是他在礼泉县编社史时，收集积累的素材所写的《姊妹本纪》。这本书由安徽人民出版社于1979年4月出版。

写完这封信，确实是过了十几天，贾平凹将自己称为“习作”的《炮手》《开学了》两篇作品寄给了自己相信的编辑李禾。3月那封信中，正在修改的作品已经出炉，还热腾腾地冒着气儿，他就一口气投进了绿色的邮筒，一张邮票让自己的作品飞到了甘肃兰州。

李禾同志：

您好！

今寄来习作两篇：《炮手》《开学了》，望审阅。

这都是我在烽火大队下乡时写的，质量很差，任你们处理罢了。

最近我正在修改一个中篇，精力非常疲乏，而且病了一场，现在好了，准备再写些短的。

还是老话：希望常来信指导。

甘肃文艺，咱这儿作者评论：突飞猛进！好多人说起要给贵刊寄稿，我很是高兴，祝贵刊愈办愈好！

致

礼！

贾平凹

78.4.11

《炮手》《开学了》这两篇作品，后来未见在《甘肃文艺》刊发，也未见在其他公开刊物发表。贾平凹是靠双手写作的，那个时代如果寄出的稿子，编辑部没有退稿或者邮件在路途中丢失，基本就从作者的视野里消失了。

《甘肃文艺》1978年第12期，刊发了贾平凹的短篇小说《端阳》，这篇小说后来收集在上海文艺出版社出版的《山地笔记》（1980年1月第1版）中，印数100000册，定价0.67元，责任编辑是陈先法。

《山地笔记》这本书，我得自旧书摊，发黄的纸页，已经有了40年，20元收入怀中，甚是幸运。这本书的扉页上写有“购于牛书店。1980.4.4”，盖有名为“逄宝宽藏书”的条形章。书就是这样，你读了，又传给了下一个爱书的人，这样才有了价值和阅读的意义。我在阅读这本书时，还曾想过那个叫作逄宝宽的前辈，大量藏书中，读这本书的感受是什么。

贾平凹的《山地笔记》是上海文艺出版社“萌芽丛书”系列的一本，胡采作序。另外两本分别是陈国凯的《羊城一夜》，肖殷作序；叶文玲的《无花果》，孔罗荪作序。

陈国凯是广东人，生于1938年4月，去世于2014年5月16日。他生前担任过中国作家协会第七届全委会委员，广东省作家协会主席等职务。一生从事文学创作50多年，创作出版长、中、短篇小说20多部，计400多万字。他比贾平凹大了14岁，41岁时，小说《我应该怎么办》于1979年获全国优秀短篇小说奖，比贾平凹获该奖项晚一年。给陈国凯的《羊城一夜》作序的是肖殷。肖殷是陈国凯的老乡，1915年生，1938年就读于延安鲁艺，1983年去世。曾担任过《新华日报》编委，《文艺报》副主编，《人民文学》主任，中国作家协会青年作家工作委员会副主任、文讲所副所长，暨南大学教授、中文系主任，中南局宣传部文艺处处长，广东省文联副主席，中国作家协会广东分会副主席、党组副书记，《作品》主编等职务。著有短篇小说集《月夜》，评论集《论生活、艺术和真实》《肖殷文学评论集》《鳞爪集》《创作随谈录》《谈写作》，作品集《肖殷选集》等。

叶文玲是当代小说家，生于1942年11月。其短篇小说《心香》于1980年获全国优秀短篇小说奖，时年38岁。至今已有800多万字39本作品集及一部8卷本《叶文玲文集》出版。给叶文玲的《无花果》作序的孔罗荪，文学评论家。曾担任过中国作协上海分会、上海作协书记处常务书记，中国现代文学馆名誉馆长等。著有杂文集《野火集》《小雨点》，文学评论集《文艺漫笔》《罗荪文学论集》。

给贾平凹《山地笔记》作序的胡采，文学评论家，生于1913年，去世于2003年。曾担任中国作家协会西安分会专职副主席兼《延河》《小说评论》主编，陕西省作家协会主席，陕西省文联主席等职务。著有评论集《主题、思想和其他》《从生活到艺术》《新时期文艺论集》《胡采文学评论选》等8部。这篇序言，写于1979年9月26日，洋洋洒洒近7000字。他在序言中写道，在1978年初春《延河》编辑部召开的短篇小说创作座谈会上，主持会议的同志说："同志们，请静静，贾平凹同志发言。"他顺着众人的眼光看过去，才看清楚发言的贾平凹身材不高，面目清瘦，腼腆，有一张孩子的脸。他对身旁主持会议的同志说："这就是贾平凹啊！看来，20岁才出头吧？"主持会议的同志告诉胡采："不，已经25了。"就是那次会后，胡采终于认识了贾平凹，且逐渐熟悉了起来，贾平凹常常往胡采办公室跑，谈感受，说想法，谈收获，腼腆、谦逊和慢声细语中，含蓄着一种奋发向前的豪情。

2013年8月，陕西文学界纪念胡采100周年诞辰大会上，贾平凹说道："胡采是一个巨大的存在，他在世的时候，存在于陕西文坛，存在于中国文坛。人的灵魂是纯粹而自在的，灵与肉结合了就开始演绎命运，等到身体腐败灵魂离去，这如同一座房子破烂了人就搬出去一样。胡采去世后仍存在于陕西文坛，存在于中国文坛。我们就常常谈起他，当闭上眼睛，那个颀长而挺拔的身影，耷拉着前眉的严肃面孔就出现了。我每当走进作协这个大院，总有一个感觉，胡采，还有柳青、杜鹏程、王汶石、李若冰等，他们的灵魂还依附在那些树上、石上，游荡在空中，使我不由自主地默念起这样一句诗：位我上者，灿烂星空；道德律令，在我心中。纪念胡采，其实我们在感谢胡采。感谢他来到这个世界，带给了一个家庭的欢乐。感谢他生活在这个世界，做出了对陕西文学、中国文学的贡献。”

贾平凹是有名的“病号”，上大学时又患上肝炎，学校置专舍将他隔离起来，孤独养病之际他潜心创作起来，有时“不知东方之既白”。后来从事专业创作，更是没明没黑地写，常常是一写就是一系列作品，一系列作品之后就是病休，甚至住进医院。1978年初，他又病了一场。

1978年6月13日，作家柳青因病去世。10月20日，在刚刚恢复的中国作家协会西安分会（陕西作家协会前身）领导小组会上，贾平凹正式被批准加入中国作家协会西安分会，成为一名普通的会员。在本年度全国首届短篇小说评奖中，26岁的贾平凹，用一篇带着商州气息的《满月儿》获得优秀短篇小说奖，之后的文坛有了一个叫贾平凹的陕西作家。这篇小说刊于《上海文艺》1978年第3期。同时获奖的还有来自全国各地的24位作家的作品。河北作家贾大山就是其中一位。贾大山，1943年出生在正定一个普通家庭。1964年中学毕业后下乡插队务农。1971年开始发表作品，后调任正定县文化馆馆员，曾任职正定县文化局局长、正定县政协副主席，河北省政协常委、河北省作家协会副主席。

2014年10月15日，全国文艺工作座谈会在北京召开，贾平凹参加了本次会议。2014年11月的一天下午，我去拜访贾平凹，他谈起开会前后的许多细节，他说，在接到开会通知时，他正在延安写生。从延安直接奔到北京开会，他就揣着自己的速写本，里面全是他用签字笔画的宝塔山、黄土地与窑洞，风格拙朴。就这样，他一路风尘仆仆走进了人民大会堂，在那里聆听习总书记在文艺工作座谈会上的讲话。他说，文艺工作座谈会结束之后，习总书记还走到文艺家的面前一一握手交谈，并透露自己以前读过他的书。

贾平凹回忆起当天的许多细节。他说，聆听了习近平总书记的讲话，大受鼓舞。在会议结束时习近平总书记与大家一一握手交谈，还问我最近有没有新作，我说刚出版了一本叫《老生》的长篇小说，他说：好啊。你以前的书我都看过。

刚迈入1979年，元旦过后不久，贾平凹看到了《甘肃文艺》1978年第12期，自己的作品《端阳》已经刊登，可是自己还没有收到样刊，就给李禾写了封信，询问寄送刊物的事情。并又给自己喜欢的刊物寄去了短篇小说《报到》。

1978年至1993年，据有关统计，国内英文刊物《中国文学》刊载贾平凹的英译作品共11篇。包括《果林里》、《帮活》(1978年第3期),《满月儿》(1979年第4期),《端阳》(1979年第6期),《林曲》(1980年第11期),《七巧儿》、《鸽子》(1983年第7期),《蒿子梅》、《丑石》(1987年第2期),《月迹》、《我的小桃树》(1993年第2期)。《中国文学》(英文版)1951年创刊，被称为对外传播中国文学的重要窗口，在50年的时间里，出版590期，在刊物上出现的作家和艺术家，超过2000人次，译载文学作品3200篇。

70年代末，当中国的大多数作家还沉浸在“伤痕文学”“反思文学”而不能自拔时，贾平凹这位来自中国的父亲山——秦岭深处的“山里人”，正在以美的发现、美的创造、美的追求为创作目的，写下了后来收录于《山地笔记》的美文，表达了家乡商州的自然美、人情美和儿女美。例如小说《端阳》中的端阳月儿,《第一课堂》中的乡村女教师，个个女主角令人着迷，难以忘怀。他在给李禾的信中写道：

李禾同志：

您好！组里同志们好！

十分感激在过去的一年里的关怀和培养，望在新的一年里多多指导。

《端阳》目录已看到，但还未收到样本，是不是寄出而丢了？若还有，望能寄二本来为盼。

今寄来习作《报到》，望审阅。若不行，烦能退稿。

《甘肃文艺》，越办越好——这儿业余作者都这么说。可见你们辛苦。衷心希望在新的一年里《甘肃文艺》会产生更大的影响！我决心继续努力，力争多给贵刊投些稿子，万望多批评指正，使我少走弯路，长进大些。

祝春节好！

致

礼！

贾平凹

79.1.13

1979年2月21日至27日，位于西安和平门外的胜利饭店，作家云集，中国作协西安分会第二次会员代表大会在这里举行，会议选举贾平凹等29人担任中国作协西安分会理事。贾平凹虽然自己生活在西安城里，但是他文学的天空里，始终深深地喜爱着商州的一草一木、一山一水、一沙一石，家乡的山水人文都一字一句地写在了自己高产的作品里。3月9日，他又给李禾寄去了自己的小说《牧羊人》。他时时刻刻书写着，也雪片似的将稿件寄往全国各地的文学刊物。他恳请前辈和老师们对自己的作品提出意见，以便提高和升华。信件如下：

李禾同志：

近好！

今寄来习作《牧羊人》，望审阅。

在过去的一年里，得到了您的热情支持和培养，这是我终生未能忘却的。在新的一年里，盼仍得到您的指导，望能对我的每一篇习作，提出多方面的批评意见，这全是心中实话！

西安作协已恢复成立，会才开完，往后形势将会好些的。我的情况如故。春节已办了婚事，蜜月（一笑）中为上海文艺出版社整理修改了一个短篇小说集，也算总结了前一段的创作。我力争在新的一年里，继续努力，极盼您的指导了！

因要开会，匆匆落笔。

致

礼！

贾平凹

79.3.9

贾平凹在这封信中，跟李禾说自己在新婚蜜月期，整理了自己的短篇小说，并交由上海文艺出版社，他寄给李禾的短篇小说《牧羊人》《报到》也收录在《山地笔记》中。在这本小说集中，描写了70年代秦岭山地的历史地理和现实生活。他在《山地笔记》序里自言道：我是山里人。小小的时候，娘说：你是在山洼里捡的。以至长到十来岁了，才晓得娘的话，是趣逗我呢。但我却清楚：我是在门前的山路上爬滚大的；爬滚大了，就到山上割那高高的柴草，吃山果子，喝山泉水，唱爬山调。山养活了我，我也懂得了山。

贾平凹这位大山的儿子，于1979年9月25日，又迎来好消息，中国作协书记处举行会议通过发展新会员，贾平凹成为中国作协会员。同时加入的还有陈忠实等人。10

月30日，经中国作协西安分会推举，贾平凹作为年轻代表，在北京参加了中国文学艺术工作者第四次代表大会，会议于11月16日结束。

据作家张敏回忆说，1979年，贾平凹共写了52篇东西，一个月将近5篇。篇目后面有钱数的自然是收到已存入银行。篇目前边打了“√”的，是已经接到编辑部的采用通知。画了“○”的，是已经见到样刊了，却没有收到稿费。什么也没有画的，当正处在等待之中。其中有6个问号，那是他一时想不起自己的小说都起了些啥名字，又寄往何处。那一年，贾平凹全年稿费收入总共750元。可就这点稿费，也超过他当时全年的工资收入。那时候，他是才分配到岗的工农兵大学生，每月工资46元，一年才500多元。

1980年1月，贾平凹的短篇小说集《山地笔记》由上海文艺出版社出版。该书由37篇短篇小说组成。6月，散文《头发》刊发于《广州文艺》1980年第6期。7月10日起，历时10天的农村题材短篇小说创作座谈会举办，作为以写农村生活为主的青年作家贾平凹，参加了本次会议，并做了发言。这次会议由《延河》编辑部承办，本次会上，第一次研究和探讨农村题材创作所遇到的问题和情况。这个会后的10天，中国作协西安分会又接着召开了农村题材创作漫谈会。这次会议是在《文艺报》来调查研究的背景下召开的，贾平凹参加并做了交流。11月，小说《鲤鱼杯》刊于《解放军文艺》1980年第11期。

1981年3月5日，西安市文联、中国作协西安分会等单位组织召开茶话会，讨论的话题是如何办好本年的文学讲座，贾平凹作为讲师，做了主题发言。4月，“笔耕”文学研究组召开专题讨论会，主要是围绕如何更深刻、广泛地反映农村生活进行讨论，贾平凹应邀参加了本次会议。

1981年4月30日，贾平凹的散文《一棵小桃树》发表于《天津日报》，受到了老作家孙犁的褒奖。孙犁曾在《天津日报》副刊工作，当年68岁的他，读到《一棵小桃树》后，于见报当日就写下了《读一篇散文》一文，后来发表在《人民日报》上。文中写道：“关于这位作家，近些年常看到的是他写的高产而有创造的小说，一见这篇短小的散文，我就感到新鲜，马上读完了。”“这篇文章的内容和写法，现在看来也是很新鲜的。但我不愿意说，他是探索什么，或突破了什么。我只是说，此调不弹久矣，过去很多名家，是这样弹奏过的。它是心之声，也是意之向往，是散文的一种非常好的音响。”

从字里行间可以看出，孙犁对贾平凹的赏识和赞美是由衷的，他认为贾平凹小说写得好，散文写下去也一样会不同凡响。

1982年，孙犁又写了《再谈贾平凹的散文》，文中对贾平凹的四篇散文给予了很高评价。“老年人精神不济，眼力不佳，报刊上的奇文佳作虽多，阅读的机会却很少。”“再有就是怕看长文章，还有就是怕看小字。”“《入川小记》也是小字，却破例在灯下细读了。说句真诚的话，读贾平凹的散文，对我来说，的确是一种享受。”“过去，我确实读过不少那种散文：或以才华自傲；或以境遇自尊；或以正确自居。在我的读书印象里，残存着不少杂质。贾平凹的散文，代我扫除了这些杂质，使我耳目一新。”从孙犁《再谈贾平凹的散文》中，我们可以再一次看出孙犁对贾平凹散文的欣赏和肯定。

1981年7月4日，孙犁《读一篇散文》在《人民日报》发表后，贾平凹非常感动。他觉得自己一个小小的作者，发表了一篇小小的散文，孙犁这样的老作家偶尔看到了，竟然还写了一篇读后感的文章。一直以来，贾平凹对于孙犁的人品和文品，佩服得五体投地，像他这样一个才练习写作的小青年的一篇小散文，就得到著名老作家的笔墨指点，这使得刚走上文学创作道路的贾平凹受到极大的鼓舞，激起了他坚持写散文的勇气。后来，孙犁和贾平凹，两个年龄相差近40岁的作家，就开始在天津和西安之间，以写信的方式，交流了起来。至今在文坛上还传为佳话。

6月25日，中国作协西安分会举行茶话会，主题是祝贺陕西省在近几年内，30多位作家的作品在全国获奖。贾平凹作为全国首届短篇小说奖的获得者，参加了本次会议。

10月30日，《文艺报》派陕西籍作家、编辑阎纲等人来陕西召开农村题材创作座谈会，贾平凹和老中青作家代表一起，参加了本次会议。阎纲是陕西礼泉人，集编辑、作家、评论家于一身，1956年毕业于兰州大学中文系，同年分配到中国作家协会，编著颇丰，作为编辑，他一生大多为作家们做嫁衣。

也就是从这年开始，因为《二月杏》《鬼城》《生活》《年关夜景》《好了歌》等中短篇小说对生活的消极表现，全国出现了否定贾平凹创作的声音，先是《地质战线》发表了批评《二月杏》"丑化地质队员"的声音；接着，他故乡的官员发出"贾平凹丑化商洛，丑化商洛人民"的言论；而省作协也出现批评作家"歪曲现实生活本质"等文章。“文革”刚刚过去，一场批评就导致作家封笔封口的大批判，致使许多作家心有余悸，这一切给平凹带来“山雨欲来”的印象。虽然来自各界的批评，对他形成了一定的压力，但是不可否认的是，这个阶段正是他追求小说更大的思想和生活内涵的探索阶段。

1982年2月10日至13日，贾平凹近作研讨会在自己的母校西北大学召开。时任陕西日报社文艺部记者，现为著名文艺评论家的肖云儒作为会议记录人，形成了会议纪要在全国多家重量级报刊发表。这次学术会议，比较准确地反映了当时陕西主流批评界的意见。当然，时代背景下的“四人帮”余毒还深深地影响着文学界，并未完全清除干净。

1982年4月，中国文学“寻根”先锋代表人物韩少功、阿城等人都分别发表了关于“寻求历史文化的根”，贾平凹却独自走到了霍去病墓前，他从那只卧虎中悟出了道理，写就了《卧虎说》。这个月底，西安的天气逐渐变暖，面对来自各方的压力，他还是秉持一贯的“有了苦不对人说”的态度，有事都自己担着。然而，知儿莫过父，他的父亲专程从商州老家赶了过来宽慰他。但是他不忘与编辑朋友们的友谊，也不忘编辑朋友的约稿邀请。他给李禾写了封信，报平安，报现状，更多的是，心里有话需要给自己知心的朋友去说，且还寄去了自己的作品。

尊敬的老李：

好！

久未去信了，望谅！近期动笔很少，故一直未能去稿，又因我实在水平太低，稿子质量都不高，虽尽努力，未能使你们满意。今将一个近作寄来，望审。若不能用，盼能及时退我就是了。

我的情况还可以，勿念，身体比先前还好，情绪如今安静多了。你们兰州新近来了五六人，我们几人陪着玩了玩，倒觉乐哉！

上次回西安，我未见到，很遗憾。几时又能再回呢？

祝好！

贾平凹

82.4.29

贾平凹于1982年2月25日在静虚村的书房里，写过一篇短篇小说，名叫《针织姑娘》。这篇小说写成后，他于4月29日寄给了李禾编辑。这篇小说后来发表于《飞天》杂志1982年8月号。

《针织姑娘》中的主人公沙沙，支持未婚夫二狗读书考学，后来却被抛弃。沙沙在这种打击之下，并没有丧失对生活的信心，她领着姐妹们到省城针织，以自己的劳动获得了姐妹们的爱戴。后来，她不再针织了，“她狠狠地咬着牙，领着弟弟、妹妹，在土地上劳动。她相信农民总是人，总会像人一样生活下去。她给谁也没有说，心里下了劲：争取把庄稼做好，给弟弟找个媳妇，把妹妹嫁出。然后，她也立刻嫁出去，她的丈夫一定将是能行的人，一定是个爱她的人”。作者笔下的沙沙，是努力向上、吃苦耐劳的中国劳动妇女的缩影。作者对人物的同情渗透在字里行间，他身上的人道主义精神跃然纸上。

1982年9月3日至11日，中国作家协会在西安召开西北、华北部分青年作家座谈会，贾平凹、陈忠实、邹志安等9人作为陕西青年作家代表参加会议。在这次会上，他与来自甘肃、宁夏、青海、山西、北京、天津等地的作家代表相识，交流学习。

1983年9月，贾平凹的《商州初录》发表于《钟山》杂志第5期。贾平凹曾经在《商州又录》序言里说：去年两次回到商州，我写了《商州初录》。拿在《钟山》杂志上刊了，社会上议论纷纷，尤其在商州，《钟山》被一抢而空，上至专员，下至社员，能识字的差不多都看了，或褒或贬，或抑或扬。无论如何，外边的世界知道了商州，商州的人知道了自己，我心中就无限欣慰。但同时悔之《初录》太是粗糙，有的地名太真，所写不正之风的，易被读者对号入座；有的字句太拙，所旨的以奇反正之意，又易被一些人误解。这次到商州，我是同画家王军强一块旅行的，他是有天才的，彩墨对印的画无笔而妙趣天成。文字毕竟不如彩墨了，我只仅仅录了这十一篇。录完一读，比《初录》少多了，且结构不同，行文不同，地也无名，人也无姓，只具备了时间和空间，我更不知道这算什么样的文体，匆匆又拿来求读者鉴定了。

这部《商州初录》，与贾平凹的《腊月·正月》《鸡窝洼的人家》《天狗》《小月前本》《浮躁》等小说一样，描写了农村社会中传统与现代的冲突，和随着改革开放而进入农村的商业意识和现代生活方式对古老民风民俗的冲击，以及所引起的价值观念的转变，并以此来探索人性在时代变革中的内涵，展示人民精神世界的各种生动气象。

时过境迁，《商州初录》已经发表35年了。2018年11

月3日，位于江苏南京的《钟山》杂志社举办创刊40周年纪念座谈会。《钟山》杂志创刊于1978年，目前已成为著名的文化品牌，成为中国当代文学期刊的“四大名旦”之一，也是世界了解中国当代文学的重要窗口。在座谈会上，当代著名作家苏童、毕飞宇、丁帆、祁智、叶弥、赵本夫等参加了座谈。当年的年轻作家莫言、贾平凹、格非没有到达现场，但是他们都送上了深深的祝福。

这些目前活跃在中国当代文坛的重量级作家，在35年前，都已是小有成绩的年轻作家。贾平凹在《钟山》杂志上发表了不少作品，并且都在社会上形成了很大的影响。原本他要去秦淮河畔参加这场应该去的活动，但是又因为工作的原因，不得不在启程前取消了行程。贾平凹的女儿，西安建筑科技大学文学院副教授贾浅浅受父亲之托，带着父亲的亲笔信踏上了去南京的路途。贾浅浅是年轻的作家、诗人。她的诗作也登上过《钟山》的大雅之堂。2018年11月1日，贾平凹亲笔给《钟山》杂志社并社长写了一封短信，表达了自己的祝福：

《钟山》杂志社

梦玮先生：

你们好！已经说好了要来南京的，但因特殊情况又不能到会，十分遗憾啊，谨在遥远的西安向你们恭贺！

《钟山》是中国当代文学的重镇。对于我来说，更是有着非常意义的杂志。当年的《商州初录》经《钟山》发表，那是我的一声文学钟响，从此那么多的激情，那么多的理想，开始了我的商州故事。我感谢《钟山》，这一生都铭记的美好。

四十年了,《钟山》依然巍巍，它已经是文学期刊的老贵族，我衷心祝愿它愈办愈好，愈高贵愈创新，弥高弥坚，极风云大观！

贾平凹

2018.11.1

2008年10月，作家理洵去拜访李禾老先生，他们的谈论是从贾平凹开始的。李禾说，贾平凹的悟性很好，干啥像啥，散文比小说好，字比画好。有一年一位茶叶店的老板问他要一幅贾氏的字，他当时正主持着《飞天》杂志，贾的名气还不是太大，他到了贾的家，韩俊芳正在水池边洗衣服，说人在里边呢，人家能写不能写的，人家敢写。就要了一幅。贾的出名是《废都》，一般人只看到性描写，看不到更深层次的东西。《废都》的出名和当时改革开放后的社会环境有关。

是的，时代造就了贾平凹，勤奋也造就了贾平凹，因为贾平凹视创作为生命。写作成了他的主要生命方式，他把全部身心都用到文学事业上来了。《重庆时报》曾刊载过一篇题为《特等劳模贾平凹：写作就像母鸡下蛋，不写就难受》的文章，里面写道：他逢年过节甚至大年初一依旧笔耕不辍，外出参加会议，随身携带书稿，礼拜天为躲避干扰，躲在办公室写作，去饭馆吃饭，突然来了灵感，随手掏出烟盒撕开就写起来。在一些冗长无聊的会议上，他在笔记本上写写记记，不是记录，也不是准备发言，而是在写小说提纲，或是人物对话。有时在朋友家做客，大家谈笑风生，贾平凹突然匆匆离座，别人以为他急着出恭，其实却是潜入隔壁屋子，记下一个情节、细节或几句描绘。

第二节　贾平凹与《长安》

2018年9月1日上午，名为“清风高谊——费秉勋贾平凹师生情谊展暨《贾平凹论》《中国古典文学的悲与美》首发式”在西安建筑科技大学贾平凹文学艺术馆开幕。展览前言写得极是，内容如下：

君子之交，清风流水；师生情谊，日久弥长。贾平凹曾说，在初登文坛之时，费秉勋先生给了他文学自信和高远志向，多年之后贾平凹又书颂费秉勋先生为“贯通老人”。费先生总是低调，却声名远播；他总是少言寡语，却言出即立；他总是拙于交际，却追随者众；他总是逆流行而治学，却显出其学业最具价值。

费秉勋先生是教授中国古代文学和研究中国古代文化的学者，著作多多，却以贯通旁及之才力，在当代文学方面研究贾平凹，且是这方面最辛勤最专注的一个人，多年来撰写研究贾平凹论文三十多篇，出版《贾平凹论》一书，组编《废都大评》在香港出版。今年《贾平凹论》增广论“白夜”“怀念狼”两章，蒙陕西人民出版社出第三版，与费先生新著《中国古典文学的悲与美》同时首发，又值费先生八十寿辰，贾平凹文学艺术馆特举办以“清风高谊”为主题的展览，展出费秉勋先生书法、贾平凹写给老师的墨宝以及二人相聚交集的几十张照片，回顾了两人半个世纪的友谊往还，亦展示了贾平凹对恩师的深厚情谊，以立先生为人为文为艺之精神典范。

曲江大雁塔北广场对面的街巷，每到春节期间，旧书市红红火火，全国的旧书生意人顾不上春节佳日，都在这里摆摊售卖，给了我们淘书人的好机会。虽在春节，顾不上和家人吃饭，顾不上走亲串友，不在旧书市上逛上两天，挨着一本本翻过去心里就不踏实啊。等着翻完了，已经是夜幕降临书摊要收起的时候。过年期间，外地人大多回了家，提着淘来的书跳上公交车，虽然饥肠辘辘但依然心满意足。2016年大年初四下午，我淘到了《长安》杂志1980年合订本，如获珍宝。书的封面上，盖着历40年还鲜艳如初的印章，印章上是“广西壮族自治区第一图书馆藏书”字样。

《长安》1980年第9期，刊登了费秉勋先生题为《灵魂剖析的得和失——读贾平凹发表在〈长安〉的两篇新作》的文学评论，在这之前，费秉勋已经在《延河》1980年第8期发表了《试论贾平凹小说的艺术风格》，这是费秉勋第一次写关于贾平凹的评论文字。而就是在这年的10月22日，费秉勋在《光明日报》发表了《贾平凹新作浅议》的评论文章。

费秉勋在《灵魂剖析的得和失——读贾平凹发表在《长安》的两篇新作》（见《长安》1980年第9期）一文中，以发表在《长安》上的《玉女山的瀑布》（1980年第1期）、《阿娇出浴》（1980年第4期）两篇小说为话题，对贾平凹的小说创作进行了阶段性总结，摘录如下：

前不久，贾平凹在总结自己的小说创作时，把他走过来的创作历程分为四个阶段，即：结撰故事阶段；人物速写阶段；以诗的意境表现生活中的真善美的阶段；剖析人物心灵、揭示某些生活哲理的阶段。前三个阶段的作品，大体已集结在《兵娃》《山地笔记》两个集子里。发表在《长安》上的《玉女山的瀑布》（八〇年第一期）、《阿娇出浴》（八〇年第四期），则属于第四阶段的作品。我们可以通过对这两篇作品的分析研究，来探讨一下贾平凹在这阶段创作上的某些长短得失，这对于认识贾平凹创作道路的发展大概是不无必要的吧。

只要把《玉女山的瀑布》《阿娇出浴》同作者的短篇小说集《山地笔记》中的作品稍作比较就会发现，贾平凹的创作发生了一个较大幅度的变化。这个变化主要表现在这些新作不是像《山地笔记》中的作品那样，撷取生活中含蕴着某种美好的、向上的、令人向往的品格的事物，加以诗意化的表现，而是把重点放在对人物灵魂的剖析上。这些作品也没有采取以前那种轻柔空灵的抒情笔调，而是正面铺开来展现人物的心理活动。

……

贾平凹是一位有才华而且很刻苦的青年作家，从走过来的创作历程看，他的小说创作的题材、主题、人物、写法，都在不断地发生着变化，有所发展，有所创造。这说明他总在不断地探索，也说明他身上存在着从事艺术创造劳动的很大的潜力。我希望他能更扎实地深入观察和研究生活，并希望他在勇于探索的同时，步子踏得更稳一些。

这篇文章的写作落款是1980年5月至6月于西北大学。

费秉勋生于1939年，时年41岁，是贾平凹的母校西北大学中文系的讲师。他在此之前，还担任过陕西省群众艺术馆《百花》杂志编辑部的编辑。从1980年起，费秉勋开始研究贾平凹，发表文章30余篇，直到1990年由西北大学出版社推出其专著《贾平凹论》。而如今的《贾平凹论》，就是费秉勋先生研究贾平凹这40多年来的心血的再出版，再总结。

贾平凹在自己的散文《先生费秉勋》里写道：

当我二十出头时认识了费秉勋先生，命运就决定了今生对他的追随。他那时是陕西唯一一家杂志编辑，我拿着文稿去请教他，就站在他的办公桌前，不敢坐，紧张得手心出汗。第一篇稿发表了，接着发表了第二篇、第三篇，从此文学的自信在心中降生，随之有了豪华的志向。就这样我们成了师生和同志。将近三十年的岁月中，他的工作有变，从编辑到了教授，不变的是他一直在从事文学的研究和评论，而我的任何文章他都读了，读了该要表示肯定意见的就坚定表示自己的意见，不管在什么时候和场合，该要批评的就放开批评，不管别人怎么说和我能不能接受。他的口才不好，说话时脸无表情，只低着头说他的。

他是一个有独立思考的非常固执的人，如果指望他去通融什么，或求他办什么事，那永远是泥牛入海。初识的人都觉得他冷漠，是书呆子，但长久地相处，他的原则性，不附和性，率直和善良，以及他的死板和吝啬，使他的人格有了诱人的魅力。

他的学问相当丰富，任何事情只要来了兴趣，他都能钻进去，这一点给我的影响十分大。每一个夏天，他避暑的最好办法就是把自己关在书房写专著，并不止一次传授这种秘密。他的有关舞蹈研究的专著，关于绘画的一系列文章，研究《易经》的七八本书，以及学琴，学电脑，都是在三伏天完成的。立即能安静下来，沉下心去，这是他异于他人之处，不人云亦云，坚持自己的思考，特立独行，是他学问成就的重要原因。

先生形状平实，有时显得呆头呆脑，所以常在陌生地的陌生人面前忽略他的存在，但若熟知他的人，莫不尊重他的。大智若愚，他可以是一个典型的例子。六十岁后，他退休了，突然痴迷起了书法实践，他以前对书法艺术研究多多，但从未执笔弄墨过，实践开来，日日临帖读碑，二三年光景笔力老辣，有自家面目。我在许多人的厅室里都见过他的作品，令我惊叹不已。我常常想，他这一生在文学艺术领域里涉猎面这么广，且从事什么都成就非凡，从不守旧，求知欲强，以后谁又会知道他又要有什么作为呢？

他大我十多岁，我二十岁时称他为老师，终生都称他为老师。这不仅仅是一般的尊称，确确实实他是在为人为文上一直给我做着楷模，我时时对自己说，也当着别人的面说：永远向费先生学习。

而如今，师生情谊展在策展人木南先生的策划下，如期开展。费秉勋先生已八十高龄，学生贾平凹已过了六十花甲，在老师面前，他不仅是著名的作家，而且还是长不大的孩子。他给老师写下了“贯通老人”四个贾体大字，令人赞绝。

《长安》杂志是20世纪80年代陕西的一家文学刊物，编辑单位是陕西人民出版社，主办单位是西安市文联，刊名是茅盾先生的手迹。刊物在80年代，是全国作家耕耘的园地，当今许多著名的作家都曾在《长安》发表过作品。那时候的《长安》杂志，是一代文学青年百读不厌的精神食粮。

据和谷回忆，70年代末的一天，贾平凹带来了一个消息，说是西安市文联办的《工人文艺》复刊后更名的《长安》正在招兵买马，物色年轻人去当编辑，他已动意，也推荐和谷前往加盟。这时，和谷已经在陕西省团委的《陕西青年》干了五年，在《人民文学》发表过散文《故乡柿子》等。和谷说，当时他正在做文学梦，想离开综合性杂志，到文学刊物会有利于自己的创作爱好的开展。经过一番周折，贾平凹和和谷两人先后来到了位于教场门警备区招待所的《长安》编辑部，当了小说编辑。当时，贾平凹和和谷都是28岁，正处于创作的爆发期。1980年6月12日，已到《长安》杂志工作了三个月的贾平凹，给《飞天》杂志社的李禾写信，并寄上了自己的投稿作品《求医者》。原信如下：

尊敬的李禾同志：

近好！因为近期一方面身体欠佳，一方面四处奔波我和我爱人的工作调动，很少与外界联系了，所以未去信给您，望谅！但心里还是惦记着您。听张敏说，您来信说催了我几次稿，一直未见回信，实在是我未收到您的信，我工作已调《长安》编辑部，信件常常丢失，恐怕是遗失了吧。又因为自己一直未写出较好的东西，不敢拿出手来。近期，我好不容易参加了省作协办的读书会，看看书，总结总结，今寄来习作《求医者》，望审。稿子可能写得主题太隐蔽了，但我是想，随着形势发展，文艺作品更需要艺术性了，既说明了问题，又没把柄可抓，又保证了自己发表权，您说呢？但这篇稿子，可能又没说清。我是想说明：当前一些人在“四人帮”粉碎后，对新领导人寄予很大希望，但过了这几年，好像有失望之感，我觉得这些人本身是不对的，也是把我们新领导人当作了新的“神”来对待。中国人的可悲性就在这里，就是不相信自己的力量！所以，我便如此地写了。不知行不行，望听到您的指正。

再，盼望您能给我们《长安》写稿。您是西安人，西安的刊物一定要放在眼里，刁空写些吧。我已到“长安”报到了三个月了，盼今后多联系！

祝夏季身体好！

致

礼！

贾平凹

80.6.12

这时，贾平凹从陕西人民出版社调到西安文联，负责《长安》杂志组稿工作。1980年至1983年期间，他任《长安》杂志的编辑，主要负责陕西之外的全国来稿。1984年开始，已成为专业作家。这时，30多岁的贾平凹，已经分别出版了中短篇小说集《兵娃》(中国少年儿童出版社，1977年)、《姊妹本纪》(安徽人民出版社，1978年)、《早晨的歌》(陕西人民出版社，1979年)、《山地笔记》(上海文艺出版社，1979年)、《贾平凹小说新作集》(中国青年出版社，1980年)、《野火集》(陕西人民出版社，1982年)，散文集《月迹》(天津百花文艺出版社，1982年)、《爱的踪迹》(上海文艺出版社，1984年)。他还获得了包括全国首届优秀短篇小说奖等11项大奖。

和谷还忆起两件事，他也曾写过一篇文章细述。一件是1982年春，汪曾祺、林斤澜、刘心武、孔捷生一行来到《长安》编辑部。他和贾平凹去火车站接，在公共车站等候时，刘心武说，噢，你是和谷，有个老作家叫和谷岩，比你的名字多一个字，你们是一家子吧？

那个时候，刘心武已于1977年发表了短篇小说《班主任》，被视为伤痕文学的发轫之作，汪曾祺的短篇小说

《受戒》已在《北京文学》1980年10月号发表，至今还是汪老脍炙人口的经典之作，充满着浓浓的“中国味儿”。林斤澜的《矮凳桥风情》，以故乡温州的人和事为题材，成为他的系列代表作。他们的作品为一代读者所倾慕。就是这些当年文学界的名家，来到西安也没有什么上规格的待遇，在贾平凹和和谷的陪同下，依然挤公共车，或者顺着马路迈步而行，在西安城四处游逛。他们留下来的照片很是珍贵，一律的灰色中山装，简朴的穿着无法掩饰内心的火热。

和谷笑着说，他们一起走到了大雁塔十字路口，却不见汪老了，老林做了个饮酒的动作说，一定是来酒瘾了。然后就一行进了路东的国营食堂，果然见汪老已经买了酒，正端着小瓷黑碗仰头畅饮。老林开玩笑说，你怎么不顾弟兄们自个吃独食呢？大家坐了下来，要了简单的酒菜，吃碗面，兴尽而去。

曾经有一年，作家莫言来西安，贾平凹和和谷骑自行车去火车站接他，在接站口，捡来一片硬纸板写上“莫言”二字，惹得周围人质疑。谁也想不到，就是这个莫言在多年后摘取了诺贝尔文学奖的桂冠。2013年11月5日，北师大首任驻校作家贾平凹入校仪式暨“从《废都》到《带灯》——贾平凹创作回顾研讨会”在北师大召开。北师大国际写作中心主任莫言出席仪式并发言，欢迎贾平凹成为中心首位驻校作家。莫言还清楚地记得与贾平凹第一次交往的往事。他说他多年前到西安，没地方住，出发前试着给不相识的贾平凹拍了电报，请贾平凹去火车站接自己。结果火车晚点四个小时，满广场找贾平凹。而贾平凹也回忆说，自己当真骑着自行车去接了，还把“莫言”两字举着接站，“别人看见俺的字，还以为俺不让人说话。”

西安市文联的《长安》，作为除《延河》之外的另外一个文学中心，成为无数文学青年的根据地。风华正茂的文学青年，你来我往，谈论作品，交流心得。和谷说，《长安》编辑部整天来稿繁多，每个编辑案头都堆满了稿件，每天得阅读处理几十份稿子，要求退稿必须复信，刊发稿件须经责任编辑、编辑组长、主编三审通过。

当时，贾平凹和和谷就经常住在编辑部，冬天生蜂窝煤掏炉灰，夏天铺凉席睡在楼道里。一段时间，相约每人每天晚上写一篇小散文，贾平凹的《一棵小桃树》、和谷的《游子吟》，也就是这时的收获。《一棵小桃树》曾经入选人民教育出版社中学语文教材，其清新、优美、含蓄的语言风格令无数学子折服。

1988年前后,《长安》杂志发生变故。直到1989年后期，有关部门下发正式文件，并公开登报，决定《长安》停刊。曾经红极一时的《长安》，就这样永远画上了句号。

第三节　第一次婚姻

1978年农历腊月二十四日，贾平凹与韩俊芳在自己的单身宿舍结婚了。晚上入洞房，他将一本16开300字的红格稿纸钉在墙上，面对稿纸，新郎新娘跪拜：一叩首、二叩首、三叩首。他们就这样简单而庄重地举行了婚礼。相传，贾平凹结婚时和新娘面对墙上的稿纸叩拜，视稿纸为神灵，反映了他对文学罕见而独特的虔诚和热衷。

陕西人民出版社编辑邢良俊写过一篇文章，叫作《初为他人作嫁衣》，文章回忆了贾平凹和韩俊芳婚前的一些事情。邢良俊在文中说：有一天，一个悦耳的女音打破了办公室的宁静。门口传来了“贾平凹在哪里？我要找贾平凹”。他“抬眼见一位个头高高的姑娘站在门口。白净脸盘，眼睛大而有神，鼻梁很直，嘴巴小巧，一张标准美人脸。浓密的黑发分成两把，扎成短辫垂在肩头。身材匀称，衣着朴素，落落大方中透着果断”。这是单位的人第一次见韩俊芳。韩俊芳是丹凤县剧团的演员，那次是来音乐学院参加培训，所以才可以前往位于省城北大街的省人民出版社找自己的未婚对象。

1979年底，平凹得知韩俊芳怀孕了，他便和张敏几人，使出浑身解数来给未出生的孩子起名字。起个什么样的名字，不管是男是女都合适呢？按平凹的意思，这名字一定要起得有味道，又要上口，又要将来成大器，万一给崇拜者签名时也要有书法韵味。过了几日，贾平凹梦醒之后告诉张敏，名字想出来了，绝对非同一般！绝对震倒世界！似醒非醒间张敏急于知道，他又卖关子，疯疯癫癫地笑着，用手蘸了茶水在桌面上写道：贾浅。这果真是一个非同寻常的名字。贾（假）浅而真深，真深而假浅也。

也就是在这年，刚刚成立的西安市文联准备调贾平凹去工作，并许诺解决其夫妻两地分居问题。贾平凹把这个消息分享给了自己几个好友，大家都拍手称贺。在陕西人民出版社，贾平凹虽然算不上优秀的编辑，但是他是个优秀的年轻作家。他在社里年龄小，虽然身体单薄，但是是男同志，经常被支来支去干杂活。“支援三夏，人防工程，唐山大地震时的抗震救灾活动等等，五年编辑生涯倒有近一半时间驻外勤。”

1983年春，贾平凹的散文随笔《地下动物园》，发表在《飞天》1983年第2期。这篇精短的散文，写了甘肃陇南的一处景致。开头是这样的：

陇南有一去处：山有灵气，水有精光，百十亩地面，沟沟岔岔长满了竹；天晴，绿得深沉；遇风，则满世界泠泠音韵。自然就大兴土木，筑楼建亭，幽然然地办起了一个疗养所。于是，各界俊才名人，每年就度夏避暑而来，很是热热闹闹的了。

……

这一时期，贾平凹的散文总是以“对丑怪之美以肯定”，在很丑的自然物中，挖掘蕴含其中的内在美，这也是他受庄子美学思想影响的运用。

1983年初秋，甘肃《飞天》杂志社“飞天笔会”将要举行。远在兰州的李禾，作为组织者，向全国各地的作家朋友发出了邀请，贾平凹也于8月下旬收到了这封信。信被邮差送来的时候，贾平凹却去了北京开会。贾平凹的妻子韩俊芳，作为贤内助，她担心耽误了回复，或者贾平凹到时赶不回来，就提笔给李禾回了信。全文如下：

李禾同志：

您好，来信收到。平凹已于8月14日去北京参加全国文联召开的六届一次会议，不在家，所以我（平凹之妻）只好代他为您回这封信了。

前一段时间，平凹下乡去了，回来看到张敏的来信，他很想去参加贵刊办的笔会，现在就是具体时间定不下来，因为北京的会议是24号结束，回来最快时间是26号，如果他在北京再耽误几天，那就更迟了。昨天周矢同我联系，他也去参加笔会，问平凹的情况。他决定28号去兰州，我让周矢给平凹也把28号的火车票买下。如果平凹27号前能回来，就同周矢一块儿到兰州，万一要是回不来，具体时间我现在也说不准了。

别的不多谈。

祝好！

韩俊芳

83.8.21

著名作家谭谈，曾经写过一篇文章，叫作《那一次笔会》，发表于《飞天》2010年第13期，记录了那次“飞天笔会”的情况。当时的作家谭谈，正在长春电影制片厂写电影剧本。接到《飞天》杂志社的邀请后，39岁的他，从长春到兰州，在无座的绿皮火车上拥挤着熬了三天两晚，终于到达兰州。从没来过西北的他，对眼前的风物更多的是一种新奇。据谭谈回忆，“参加那次笔会的，都是当时正当红的中青年作家。有陕西的贾平凹，山西的李锐，湖北的方方，北京的陆星儿，上海的竹林、程乃珊、史晶晶，江苏的黄蓓佳等，湖南去了我和谭元亨。晚间，主办方举行了一个规格很高的欢迎宴会，省委书记李子奇、省长陈光毅都来参加了。更让我们欣喜的是，时任全国政协副主席、兰州军区政委的肖华将军也参加了。他们还把这次笔会作家们所要去的好几个城市的地、市委书记也请来了。”

虽然这些作家都到了兰州，但集合后是从兰州出发，沿着当年的丝绸之路，过张掖、金昌、酒泉、玉门，直到敦煌。笔会结束回到湖南后，这些人，这些事，涌动在谭谈心里，他写了数篇文章。也就是通过这次笔会，他与《飞天》杂志、甘肃人民出版社也结下了深厚的友谊，先后在《飞天》杂志发表了中篇小说《你留下一支什么歌》等多篇作品，甘肃人民出版社也为他出版了中篇小说集《山女泪》。此后多年中，他还与书的责任编辑马牧先生书信不断。

2018年8月，谭谈老师74岁，我们刚刚作为微信朋友聊起了他的这次经历。我向谭老师问好，并自报家门，谭老师回复："你好，远方的朋友！"我问起谭老师已经过去了35年的经历，他回复"印象模糊"。我给谭老师说，就是您当年第一次从长春坐火车到兰州的经历，顿时勾起了谭老师的记忆。他说那是1983年秋天的飞天笔会，那时很多领导都参加了那个笔会。时光匆匆，谭老师还每天坚持自己年轻时就热爱的文学创作。

贾平凹能够参加这次笔会，也多亏了妻子韩俊芳。他在这次笔会上遇见的方方、李锐等作家，如今和他一样，依然是中国文坛上的常青树。作家方方小贾平凹三岁，1987年在《当代作家》第3期发表的中篇小说《风景》获1987—1988年全国优秀中篇小说奖，被批评界认为"拉开'新写实主义'序幕"。作家李锐大贾平凹两岁，短篇小说《合坟》曾于1988年荣获第八届全国优秀短篇小说奖。2004年3月，李锐还获得法国政府颁发的艺术与文学骑士勋章。而贾平凹于2013年也获得过此奖项。

1984年初，贾平凹成为专业作家。3月7日，西安市作家协会成立，贾平凹当选为副主席。7月，贾平凹的中篇小说《腊月·正月》在《十月》第4期发表，后来还获得了中国作协第三届优秀中篇小说奖；9月，这篇小说又获得了陕西省首届文艺创作“开拓奖”一等奖。1984年12月29日至1985年1月5日，中国作协第四次会员代表大会在北京召开，巴金当选为中国作协主席，贾平凹当选为中国作协第四届理事会理事。

1985年3月5日，中共陕西省委、省政府召开优秀文艺创作表彰大会，向九位优秀文艺工作者颁发了优秀证书，其中文学方面路遥、贾平凹等青年作家获得殊荣，给予晋升工资两级的嘉奖。第二天，《陕西日报》报道了该活动，还配发了评论员文章《人民需要名家》，是鼓励也是希冀。4月21日，中国作协陕西分会在咸阳召开三届二次理事会，贾平凹、路遥和陈忠实等人当选为副主席。8月20日至30日，陕北延安、榆林的气温已经有些微凉，中国作协陕西分会主持召开的“长篇小说创作促进座谈会”召开，路遥、贾平凹、陈忠实等30多位作家和评论家参加会议。为什么叫促进会，就是国内长篇小说最高奖——茅盾文学奖已经连续评了两届，陕西仍是“光葫芦”，一个也没参评上，更重要的是陕西的老中青作家群体中，尚无一部长篇小说面世。路遥的《平凡的世界》第一部开始动笔，就是在这次会后，他留在了延安，表示下大力气也要写出来。这一年，也是中国文坛上的“贾平凹年”，10部中篇小说在全国遍地开花。

这次会议的背景主要是陕西同一些省市发展的情势相比，似乎又迟慢了半步。在第一、第二届茅盾文学奖评选中，陕西均无作品可推荐，长篇小说创作至少在目前处于劣势。陕西的小说作家应该清醒地认识这一点，承认这个事实，并应发奋努力去改变这种落后局面。

陕西长篇小说创作目前为什么处于劣势？与会的作家们指出了原因。在认识、把握和概括当代社会生活的能力问题上，大家认为，从全国当代社会生活，无论是农村还是城市，生活本身都变得相当错综复杂，斑驳难辨，政治的、经济的、文化的、道德的诸因素混合在一起，很难用其中的一种因素作为标准和尺度去估量和确定纷乱的生活现象及其在时代发展中的流向和作用。而长篇小说创作则大都需要作家对现实生活做全景式的多空间的展示，这就给作家如何准确地把握时代生活带来了难题，贾平凹认为，目前社会生活中新问题太多，差不多每一个作家都处于一时把握不住的状况。而社会生活的纷乱已经表现到文学上，事实上当前的文学也处于一种躁动不安的状态中。

在现代意识方面，贾平凹说，必须把现代意识同传统融汇在一起。陕西的作家，身处四大关之中，自我感觉良好，一出去就不行了。要想尽办法建立现代意识，把别人指出的、自己又意识到的短处克服掉，打掉破旧的坛坛罐罐，不要回头，要走到底。会上有的同志说，不要被某些观念束缚住，不要被已有的形式束缚住，对“土”的争论没有任何意义——这是针对一些同志把“土”看作陕西作品的长处特色而言的。

关于知识结构问题，贾平凹说，读书太少，太窄，是知识结构单一的主要原因。他认为，陕西作家普遍的弱点是思辨能力不强，作家的机智不够，这都与作家的经历与知识有关，大多数作家都是生长在农村，在农村上学，再到文化馆，然后搞创作；作家的文化素养、知识素养先天不足。他说，作家的知识面要宽，目光波及的面要大要远，要逐步建立作家自己对世界、对社会生活的认识体系，不论是世界，还是中国的三十年代，作家都有自己的艺术，自己的体系。其中，作家的知识广博与否，是主要因素。

关于作家如何超越自己出身阶层局限的问题，贾平凹说，克服小农意识，打破山区农村生活带来的局限是相当重要的。作家要摆脱小家子气，提高大家子气，其中的一个途径，就是打破这个局限。

关于小说形式与艺术手法的创新问题，贾平凹说，总的看，陕西文学创作探索性不够。他说，从内容到形式要有自己的一套，有自己的一套哲学思考和艺术形式。

1986年12月，路遥的长篇小说《平凡的世界》第一部在《花城》第6期发表，在北京的座谈会上，大家一致认为“这是一部具有内在魅力和激情的现实主义力作”。直到1991年4月15日，作为陕西省第一部长篇小说，摘取了中国作家协会主办的第三届茅盾文学奖。

1987年，贾平凹的长篇小说《浮躁》发表于《收获》1987年第1期。周立民于2007年9月5日发表在《文汇读书报》的文章《珍藏半个世纪的文学记忆》中说道，当时上海市的一位主要领导在一次干部万人大会上，点名批评了这部作品，编辑部的同志感到压力很大，巴老得知此事后，立即阅读全文，他说：我觉得这部作品没有什么问题。时间也证明了这一点，《浮躁》还在国外获了大奖，也被文学界公认为是反映城乡时代变迁的最具代表性的作品之一。巴老简短的一句鼓励，给编辑部的是做好工作的更大的信心和动力，也给了贾平凹莫大的鼓励。

7月21日至22日,《小说评论》编辑部召开《浮躁》讨论会，后来《小说评论》1987年第6期还发表了署名为本报记者的《时代心理的整体把握——贾平凹长篇小说〈浮躁〉讨论会纪要》一文，文章开头说：

发表在《收获》1987年第1期上的贾平凹的长篇小说《浮躁》，虽然没有引起迅速、热烈的反响，但并不意味着人们对这部小说的冷淡和忽视，这种表面现象更多地反映着评论界态度的严谨和审慎：要对这部内蕴深厚、具有新的追求的力作做出相应的把握并不是一件容易的事情。经过一段时间的审视、比照和思考，人们已经意识到了这部长篇在当代文坛的价值和意义，并逐渐展开了阐释和评价。

大家认为，贾平凹在写《浮躁》的时候，虽然小的细节、故事依然有所依据，但是大的方面，整体上已经抛弃了实体的原型限制，这无疑是作家在创作长篇时艺术功力提高的表现。贾平凹在艺术构思方面，抛弃了枷锁，实现了整体性的艺术思维的解放，这一点对于作家今后创作的发展，走向更高的层次具有非常大的意义。

飞马文学奖是由美国美孚石油公司提供赞助，每年授予一个国家的一位作家。该奖项的设立，是为了促使很少译成英文的国家的优秀作品获得国际认可。当时,《人民日报》刊发了消息，美孚飞马文学奖首位汉文得主贾平凹以其作品《浮躁》获此殊荣。

1988年夏天，贾平凹和和谷等人来到长安的常宁宫疗养院写小说，写到17万字时，因常常肚子疼被带到医院检查，经诊断患肝炎，住进了西安市传染病医院。这篇小说叫作《忙忙人》，按照写作计划，再有5万字就可以让紧催不停的作家出版社带走。可是，韩俊芳心疼贾平凹的身体，只有她才真正知道和见证着贾平凹是个为了文学而不要命的人。韩俊芳把书稿锁在了家里的柜子里，再也没有拿出来过。贾平凹无法，只得配合入院治疗。1989年2月后，贾平凹转院至西安医科大学第二附属医院继续治疗。疾病折磨不了他，妻子韩俊芳也阻止不了他，文友们也劝说不了他，他在接受治疗的间隙，写下了小说集《太白山记》。也有人说这是本散文集子，他是个向文学心灵深处，矿工挖煤般掘进的人，他的梦想在远方。

20世纪90年代初，贾平凹结识了一位女士，此女士曾在根据平凹的一篇小说改编的舞台剧里饰演过角色。两人很谈得来，相互从对方身上学到了不少东西，后来便有了一些往来。这成了贾平凹后来无奈婚变的祸根。

在此期间，贾平凹已经开始了长篇小说《废都》的写作。而这段时期，贾平凹和韩俊芳的婚姻也走到了尽头。1992年11月26日上午，他们办理了离婚手续。

就在离婚的前一天，是著名作家路遥的葬礼。路遥1992年11月17日因肝硬化早逝，年仅42岁。重情的贾平凹失去了一位好兄长，他参加了路遥的葬礼，心情很沉重，精神状态很是不好。他和韩俊芳很不情愿地领了离婚证，已是中午。贾平凹要去户县继续写作尚未完稿的《废都》，韩俊芳送他，两人相对无言。平凹走了，韩俊芳隔河相望。平凹回头见韩俊芳仍伫立桥上目送，就大声说："回去，给浅浅做饭。"说完，双眼模糊，双泪长流，经营了14年的婚姻，就这样散去，他抹干眼泪，头也不回地走了，坐上了去户县的车。

婚姻这件事，只有身处其中的男人和女人才清楚，家家都有一本难念的经。婚姻是双鞋子，尺码大小，是否合脚，只有每天穿鞋的人知道，别人看到的都是鞋子的外观和走过的脚印。后来，贾平凹提起自己对爱情的看法："爱情不是单一的，世上没有海枯石烂、天长地久的爱情。

爱情，是有时间性的、新鲜度的。它一般是五年到十年，我觉得就老了。为啥能维持下来？是慢慢培育它呀，刺激它啊，用责任啊，或者各种关心维持它。”而对男人女人这个话题，平凹说：“女人都是美好的。我写的那些东西，都是很爱女人的。我对女人是当菩萨敬的。”对于男人，平凹说：“作为男人，要宽容好多东西。有时候，具体到一个女人，她可能给你带来好多麻烦，但是她也可以给你带来好多值得回味的东西。对女人有了一种美的感觉以后，男人才能崇高起来——尊重女性可以使男人崇高。”

离婚后，12岁的浅浅开始跟着妈妈生活。贾平凹是个大忙人，但是他还始终想着自己的宝贝女儿。1996年12月12日，贾平凹与第二任妻子郭梅走进了婚姻。贾平凹对女儿的挂念，郭梅看在眼里，急在心里，不仅让贾平凹自己去看孩子，自己也有空了就去。慢慢地郭梅和自己的韩俊芳大姐也成了无话不说的朋友。

贾浅浅大学毕业后，在西安建筑科技大学当了老师。2004年10月13日，女儿结婚，贾平凹代表女方做了发言，就是后来广为流传的《在女儿婚礼上的讲话》。他27岁时韩俊芳生下了宝贝女儿，他把她们接到了西安城，住单位办公室，住北郊的城中村，直到后来离婚浅浅跟着妈妈一起生活。而如今，自己的女儿已经长大成人，也要走进自己要去面对和经营的婚姻世界了。女儿的这场婚礼，就是韩俊芳和郭梅两姊妹联手具体操办的。在女儿的婚礼上，贾平凹说："我27岁有了女儿，多少个艰辛和忙乱的日子里，总盼望着孩子长大，她就是长不大，但突然间她长大了，有了漂亮，有了健康，有了知识，今天又做了幸福的新娘！我的前半生，写下了百余部作品，而让我最温暖的也是最牵肠挂肚和最有压力的作品就是贾浅。她诞生于爱，成长于爱中，是我的小淘气，是我的贴心小棉袄，也是我的朋友。我没有男孩，一直把她当男孩看，贾氏家族也一直把她当作希望之花。我是从困苦境域里一步步走过来的，我发誓不让我的孩子像我过去那样贫穷和坎坷，但要在'长安居大不易'，我要求她自强不息，又必须善良、宽容。20多年里，我或许对她粗暴呵斥，或许对她无为而治，贾浅无疑是做到了这一点。当年我的父亲为我而欣慰过，今天，贾浅也让我有了做父亲的欣慰。"

贾浅浅是我的朋友，如今已是西北大学的副教授，她平常写诗，在全国大型刊物上发表过不少作品。2018年1月，她的诗集《第一百个夜晚》由长江文艺出版社出版发行。1月11日下午，在2018北京图书订货会湖北出版展区，由长江文艺出版社举行贾浅浅《第一百个夜晚》诗集首发式。著名诗人欧阳江河、西川等多位文学界人士参加了首发式，并对其作品给予高度评价。贾浅浅的作品出版后，贾平凹于2018年1月6日给自己的女儿写了一封信，信里写道："我要说的是，既然一棵苗子长出来了，就迎风而长，能长多高就多高，不要太急于结穗，麦子只有半尺高结穗，那穗就成了蝇头。培养和聚积能量是最重要的，万不可张狂轻佻，投机迎合，警惕概念化、形式化，更不能早早定格，形成硬壳。作家诗人是一生的事，长跑才开始，这时候两侧人说好说坏都不必太在心，要不断向前，无限向前。"

贾平凹是一位好父亲，也不是。他顾不上家庭和女儿的琐碎，但是他都在字里行间记录着，浸润和滋养着他的读者和弥久的时代。

第三章

邹志安，你在哪里

邹志安，你在哪里？这句话出自《飞天》编辑部的李禾。

邹志安英年早逝，无不令人悲伤和叹息。作为从贫瘠的黄土地上艰苦跋涉而出的贫苦农民的儿子，他以自觉的使命感，用文学的形式深深地爱着自己脚下的黄土地和土命人，在艺术上不断地从脚下那块熟悉的土地汲取营养，又赋予新的表现，成为个性鲜明、有关中味的乡土作家。他一生对文学事业执着追求并至死不悔，留下的作品时代特色鲜明，内在的生活激情饱满，又无不令人感动。

第一节　求学与工作

1946年12月6日，农历寒冬腊月，邹志安出生在礼泉县阡东镇西王禹村一个普通的农户家里，他前面有两个姐姐，他是家里第一个男孩。礼泉县得名，来源于其境内的醴泉，是泉水甘甜之意。“十年九旱”是礼泉的民谚，礼泉和中国千万个农村一样，那时是靠天吃饭的地方。《礼泉县志》载：元朝天历元年至二年（1328—1329），“奇荒，人兽相食，村舍为墟，民死大半”。民国共38年时间，成灾严重者，就达14年之多，其中民国十八年至二十年（1929—1931），连岁干旱，加上蝗虫、传染病，平原地区死亡人数占总人口的一半多。就在邹志安出生那年，全县还“自先年秋至次年春大旱，苗多枯死”。

邹志安的父亲，给地主家里拉了半辈子长工，最后才挣下了个贫农成分。邹志安从小就吃不饱，穿不暖，1954年至1958年，在西王禹村上小学；1958年至1960年在阡东镇读完完小，学习成绩很好，一直保持在全校前两名。1960年考上阡东镇初级中学时，他还担任了学校学生会的主席，办起了“蓓蕾文学社”并担任主编，这是邹志安文学写作的启蒙阶段。那时候邹志安非常喜欢读书，但是又无书可读。他的同学孙育林，家里条件好些，买了100本连环画，有《三国演义》《水浒传》《西游记》《岳飞传》等。不到半月，邹志安把这些书滚瓜烂熟地读完了，而且许多篇章都能一字不差地背诵完，这为他后来走向文学道路打下了基础。

1963年7月，邹志安以全县第一的成绩考上了重点高中——礼泉一中。他的梦想是好好地在高中读上三年，考个好一点的大学中文系，将来当一名作家。可是他走进高中后还没读上一年，家里实在是没钱供他读完这漫长的三年高中了。他的苦衷，难以张口，他只有无声的泪水，吧嗒吧嗒地滴落下来，在礼泉这片土地上滴入尘埃。高中读不下来，就选择去乾县师范学校，穷人的孩子早当家，这样能尽快毕业走向工作岗位，早谋出路，为家里减轻负担。

经过了九牛二虎之力，邹志安才踏进了位于乾县县城的乾县师范学校。好端端的高中不上完，却选择了师范学校。面试他的老师不理解，问后才得知家里七口人，弟弟还患病，实在供给不上了。他告诉老师，自己除了爱看书，爱写作文，还爱曲艺笛子等，进入面试的他已经高兴了起来，所以还没等到老师把话说完，他就快言快语地将自己的爱好和特长哗啦啦地全晒了出来，作为师范学校的学生，将来毕业后要成为一名老师，口齿伶俐、说话诙谐有趣且还谈吐不凡，这样的学生完全符合学校的需要。

一到师范学校，邹志安就爱上了学校的图书馆。在别的同学贪玩的时候，他就从图书馆抱回来文学书籍，如饥似渴地读了起来。毕业后站在讲台上，这是每个师范生的出路，然而，邹志安却不同，他还有一个伟大的理想，就是当一名作家。从无缘进入高中那天起，邹志安知道自己也将无缘进入大学的校门，这并没有打垮他，反而让他在师范学校更加地勤奋起来。父亲知道他常常在夜里读书，会肚子饿，有次来给他送干粮，他搪塞着不要，他知道这些粮食是从一家老小的口中节省下来的。

礼泉县历史悠久，源远流长。在这块古老的土地上，从古到今，涌现了一大批优秀人物，有人为民族独立解放浴血奋战；有人因自己的献身精神而好名传千家。爱好学习的邹志安把这些人牢牢地记在心里，例如辛亥革命烈士雷恒焱，早期革命家、教育家王绶金，还有比自己大一些的作家阎纲，全国劳动模范王保京、郭裕禄、王德生等，这些人物无不时刻影响着邹志安的心灵。

在乾县师范学校上学期间，他也被乾县深厚的历史文化所深深吸引。乾县自公元前9世纪至公元11世纪的2000多年里，一直为周、秦、汉、唐等13王朝的京畿重地，源远流长的宗教文化和古朴浓郁的民俗文化深深地熏陶了邹志安，那些宝贵的历史文化遗存常常让他如痴如醉，不能自已。在乾县，他喜欢上了戏剧大师范紫东先生，常常去乾县西营寨范紫东的墓地瞻仰，即使已经没有了坟冢，邹志安还垂手鞠躬，虔诚不已。

范紫东先生于1879年元月17日出生于乾县西营寨一个书香门第。父亲范德舆，字礼园，清朝岁贡生，长期在礼泉、乾县开设学馆。紫东天资聪颖，八岁能诗，时人视为神童。稍长，即熟读经、史、子、集，打下了博学多识的坚实基础。后来他对当时科举考试的八股文极为反感，常言“八股不废，则中国不兴”。1903年，以第一名的成绩考入三原宏道高等学堂，成为名噪一时的关中才子。1908年又以最优等第一名从宏道学堂毕业，立即被聘为西安府中学堂理化教员兼健本学堂国文教员。1910年经焦子敬、井勿幕介绍加入同盟会，成为关中地区负责人之一。1911年升允率清军20余万围困乾州城，紫东被秦陇复汉军首领张凤翙任命为乾州知事兼秦陇复汉军西路招讨使署参谋，他与挚友赵时安协助兵马大都督张云山守卫乾州城，长达四个月之久，直到清帝退位。1912年他辞职回西安，在举院旧址重建健本学校，又开始了长达数十年的教学生涯。他以教育救国为己任，殚精竭虑，培育人才，并与李桐轩、孙仁玉等人创办了以“补助社会教育，移风易俗”为宗旨的易俗社。1914年他的第一部戏曲《春闺考试》唱红西安，从此名作迭出。在40余年之中，共创作戏曲69部，以《三滴血》《软玉屏》《翰墨缘》《颐和园》等剧蜚声剧坛，被誉为“东方的莎士比亚”。

1915年，袁世凯图谋称帝，其亲信陆建章在陕大肆种植鸦片，祸害国人。于是先生去北京状告陆的卑劣行径，回陕后又冒着生命危险，为反袁斗士吴希真撰写了《讨袁檄文》，他的灭清、逐陆、反袁之举，使其被后世称为“辛亥革命的先驱”。新中国成立后，先生历任西北文联及西安文联委员，西安市流行剧目修审委员会委员，陕西及西安市人民代表，1953年，被西安市政府聘任为西安市文史研究馆馆长。

范紫东先生学识广博，才思敏捷，一生不仅创作出大量的戏曲著作，同时对语言、考古、民俗、音乐、天文、地理等亦颇有研究。编写的《关西方言钩沉》《乐学通论》《地球运转之研究》《关西周秦石刻摹本》《公元前四五五七年至一九五三年积年表》等书，都有较高的学术价值。他还先后编纂了《永寿县志》《乾县新志》《陇县县志》，汇集有《待雨楼诗文集》。先生的绘画、书法亦才艺出众，尤擅长山水画。其作品苍茫恢宏，江天辽阔，娇美多姿；书法作品亦宽和静穆，刚柔相济，风流儒雅。

1954年春，先生为编纂《陵墓志》，他不顾道路崎岖，寒风袭人，亲赴临潼秦始皇陵、华清池和灞桥等处实地勘察，因年迈体弱，劳累过度，于1954年3月31日在西安病逝，享年76岁。

范紫东十年磨一剑，严谨治文的态度深深地影响了邹志安，他曾感叹说："一个小说作家，一生可以写好多好长篇小说，但是一个剧作家一辈子却难写出几部好戏的，这是因为戏剧本身要受舞台、空间、道具及音乐等的制约，可见，戏剧创作之艰难！范先生能有这样的辉煌成就，除了他自身的天赋，主要还是他孜孜不倦的拼搏努力，锲而不舍的探索和严谨的创作态度。"

1967年，邹志安从乾县师范学校毕业，他在这里度过了三年充实的时光。然而，席卷全国的“文化大革命”运动在这一年旋风般刮遍祖国大地，礼泉县也未能幸免。邹志安并未感受到这场运动的风浪，依旧把自己埋在书里，获取精神食粮。可是有一天，他去图书馆借书，图书馆的老师惊吓得脸色煞白，他通往知识海洋的道路突然就被关闭了。他可以一日不吃，但是不能一日没书，他把对知识的渴求，变成了对图书馆老师的乞求，总算把老师说通了。他把自己反锁在图书馆里，带上干粮，天还没亮就钻进去，到天黑才出来，就这样废寝忘食地读了几个月。他读杜鹏程的《保卫延安》、峻青的《黎明的河边》、柳青的《创业史》，他在图书馆里逮住一本，就啃完一本。很多年以后，邹志安回忆起这段时光，曾经说过：“但那时，提及名与利是可耻的事，因此，作家的梦就只能悄悄地做，深埋在心底。我开始着魔，我知道，我必须在周围毫无觉察时，付出百倍于常人的努力与代价。”

邹志安工作了，他的第一份工作是去礼泉县大范村学校当代课教师，总算从学生时代的吃补助挨到了挣工资，每月30多块钱。在这里，他遇见校长白自廉。与邹志安一样，白自廉也热爱文学，但因工作最终未能圆自己的文学梦。他看见邹志安，就想起了自己。他不仅支持邹志安在课余创作，更是和邹志安在一起探讨文学，讨论怎样刻画人物，捕捉生活中的细节，甚至为了便于邹志安更好地创作，他还减少了他的课时，短短的时间，两个人因为共同的爱好，成了忘年之交。

白校长鼓励他，支持他创作，他也没有辜负校长的期望，白天给学生上课，晚上通宵达旦地在煤油灯下读书写作。常常是一个晚上过去，一篇小说就摆在了校长的桌上，让校长指点。校长笑笑，鼓励他继续写，厚积而薄发。邹志安确实是块写作的料，白校长看在眼里，记在心里，他恨不得邹志安能马上走向文坛。但是他心里明白，在学校里教书，创作就会受到影响，教书匠搞创作，叫业余，啥时候能去县里的宣传部、文化馆这些地方，创作的路子才能走得更宽。

命运对邹志安还是有所眷顾的，邹志安不久之后就遇到了自己创作道路上的贵人——梁澄清。梁是邹志安的乡党，1965年8月在邹志安的母校乾县师范学校任教，后来调任咸阳市群艺馆，1995年担任了咸阳市图书馆馆长，是当代著名的民俗文化专家，著作等身。正是在梁澄清先生的鼎力举荐下，邹志安于1970年9月，以创作辅导员的身份，从小学调入礼泉县文化馆，这年邹志安才24岁。

进了县文化馆，邹志安清楚地知道，这个地方是全县级别最高的文化机构，他作为创作辅导员，还只是个文学爱好者，自己是否能胜任这份工作呢？躺在炕上陷入沉思的邹志安，这时候还不知道在几年之后他会从礼泉县文化馆调入中国作协西安分会。这个时候，他只觉得自己肩上的担子很重，一是要创作，二是担心到底能做好自己的岗位工作不。文化馆里，有个叫张廉的同事，带着他熟悉工作情况。邹志安提出，在全县办一份刊物，为全县的业余作者提供一个发表和交流的阵地，这样可以培养文学新苗，更能调动大家的积极性。他这一建议，得到文化馆领导的许可。1971年3月，《礼泉文化》(后改名为《新芽》)月刊在县文化馆诞生了。1972年2月，邹志安在《陕西日报》发表小说《刘东虎》《迎春曲》《校园内外》等，这是他的作品第一次在省城的报纸上发表。

据陕西作家张志春后来撰文回忆：他们这些返乡的知识青年，拼命向文化馆刊物《新芽》投稿，稍有闲暇，便骑车五十里去请教，仿佛文化馆的老师都成了普度众生的菩萨了。这时见到的邹志安先生，瘦削的脸庞，眼里布满红丝，不停地埋头抄稿，显然是过分熬夜睡眠不足。一次谈话时他急匆匆出去接电话，我打量他的房间，不能忘却的是脚地那手工缝制的帆布带子马扎，破旧的半胶鞋铰留下胶底再缝缀以绿色帆布带而成的简易凉鞋，床上是关中农家惯常的粗布单子，桌上有翻得陈旧的《莎士比亚全集》中的一本。他当时已连发数篇作品，在文坛崭露头角，想来生活应是潇洒欢快的，谁知竟是这般沉重苦累。

邹志安在《陕西日报》的作品发表后，引起著名作家李若冰的关注。李若冰调他到烽火大队蹲点深入生活。烽火大队，这个曾让李若冰激动、产生灵感的地方，也让邹志安展现才华。他以常驻的河东四队跃进村为背景，以队里的人和事及其他蹲点的干部为素材，创作了小说《河东五队》和《工作队长张解放》，受到李若冰的青睐，闻名于全国。

1972年至1981年在礼泉县文化馆工作期间，邹志安在《陕西日报》《光明日报》《文艺报》《西安晚报》《延河》《人民文学》《小说选刊》《上海文学》等刊物上共发表小说、速写、散文、特写等共计70余篇；1973年，积极上进的邹志安，还加入了中国共产党；1975年3月，陕西人民出版社出版了他的小说集《迎春曲》。

1975年11月12日至23日，陕西省文艺创作研究室在陕西省文化局招待所召开全省性的短篇小说创作会。王汶石主持，鱼讯讲话，会议邀请了王汶石、杜鹏程、王丕祥、陈忠实等做辅导发言。会议期间，组织有统一改稿。这次会议，路遥、贾平凹、邹志安、京夫、王蓬、李凤杰、晓蕾也参加了。

1977年7月，短篇小说《工作队长张解放》刊登于《人民文学》第7期。

1977年11月，邹志安的小说《杨柳青》刊登于《延河》(10-11号)，同期刊载的还有杜鹏程的小说《历史的脚步声》、陈忠实的散文《雹灾以后——农村散记》等。

1977年12月2日，《延河》编辑部邀请部分专业作家、文艺评论工作者和青年业余作者举行座谈会，控诉和批判"文艺黑线专政论"，声讨"四人帮"反对毛主席革命文艺路线的罪行。邹志安也参加了这次座谈会，其他到会的有：胡采、王汶石、杜鹏程、李若冰、畅广元（陕师大中文系）、费秉勋（省群众艺术馆）、程海（乾县文化馆）、王晓新（周至县文化馆）等，会议由《延河》主编王丕祥主持。

1978年，党的十一届三中全会拉开了改革开放的序幕。4月，邹志安的小说《支书轶事》刊发于《延河》第4期。这一年的10月20日，中国作家协会西安分会恢复活动，领导小组举行会议，通过发展新会员，批准邹志安加入中国作家协会西安分会，同时加入的还有陈忠实、路遥、贾平凹等38人。

1979年春天，邹志安花了一夜时间写出短篇小说《土地》，寄给远在北京他慕名已久的《人民文学》编辑部。没有多久,《人民文学》编辑部就打来长途电话，请他到北京修改稿件。邹志安接到这个振奋人心的消息，却趴在桌子上呜呜地哭了起来，他带了简单的行李，直接搭上火车咣当咣当地去了北京。修改后，小说《土地》就在《人民文学》上发表了，他以淤积已久的愤怒，控诉了“四人帮”的倒行逆施，以及所造成的人民的苦难，讴歌了农村干部、群众不甘屈服的斗争精神。

1979年9月，短篇小说《肥皂的故事》刊登于《延河》9月号。

曾经担任过《人民文学》编辑的王青风，曾在《3单元2号》一书中说道：我的老朋友邹志安也曾在3单元2号改过稿。邹志安和著名文学评论家阎纲是乡党，两人过往甚密。1979年编辑部请他来京修改小说《赔情》，他是我见过的最为简朴的作家。邹志安高挑的身材，略瘦，略驼背，对人非常谦恭，别人说话时，他就坐着仰脖听着，一双狡黠的眼睛看着你，他不说话，但你能看到他的心在说话。他是一位编辑最好“对付”的作家，因为他总是努力做到编辑的要求，而其他方面又总是不去打扰人。他不声不响，悄进悄出，到了早饭点儿，就去附近的小饭馆买三个烧饼，六分钱一个，三六一角八，就是他一天的伙食了。邹志安家境贫寒，对自己很“抠门儿”，他很把钱当钱看，但他从不占别人的便宜。这是一种品质！

1980年12月，邹志安的小说集《乡情》由陕西人民出版社出版。定价0.46元，字数135千，印数2500册。篇目包括《肥皂的故事》《父辈人》《支书轶事》《土地》《粮食问题》《乡情》《品格》《赔情》《发芽》《苦恼》《一个报复事件》共11篇。在后记中，邹志安说：

家乡，生我养我的地方。可以说我的一切都来自这里，包括衣食住行、思想感情。我的文学第一课就是我的父母和乡亲们上的，大家讲给我的那些优美动人的传说和故事，至死不会忘记。十年前，我开始以家乡的风土人物为题材，写作和发表小说，并且决心以此为终身事业。家乡的人和事，常是我梦境的重要内容，也是我写作的主要对象。家乡的一草一木，无不令我动心。

这个集子所选编的几个短篇小说和一个小中篇，基本上是1979年前后写的，有的发表过，有的在收进集子时还没有发表。编辑时有的作了大的改动。平心而论，数量质量两皆平平，读者是一眼就能够看出来的。尽管这样，我还是把它拿出来了，一面自励，以期有新的作为；一面把它作为献给将要发生巨大变革的80年代的一份薄礼。此外，因为是我的第一个集子，尽管不成熟，还是非拿出来不可，否则怎么会有第二个或更多的呢？我恳望我所尊敬的各位文学前辈、同辈和广大读者，能够严格地批评和要求我，趁着我刚刚起步的时候。

定稿时，适逢立春。渐渐温暖的春气正在融化背阴处的积雪，催发着万物的生机。我对我们党和国家的未来充满了信心，也对我们的文学事业充满了信心。我要更加紧密地和家乡人民在一起，一起呼吸，一起生活，一起奋斗，争取更多更好地表现他们——他们的灵魂，他们的呼声，他们的业绩……

本集子在编选中，得到陕西人民出版社、作协西安分会、礼泉县许多领导和同志的支持和帮助。许多读者和文艺界的友人也热情地鼓励了我。没有他们，也就没有这本书。同时，我还要感谢《延河》编辑部、《人民文学》

编辑部、《陕西日报》文艺部和《上海文学》编辑部的同志，没有他们的帮助，也就没有组成这个集子的许多篇章。这一切都将鞭策我永远不背离人民和党的文艺事业。

是以为记。

邹志安

1980年2月5日　于礼泉

第二节　袁家村时光

举世闻名的唐太宗李世民陵山下，有个村庄叫作袁家村，是961年，袁氏避战乱迁至此地，聚族而居，形成村落。1668年，山西郭氏迁入，适逢“康乾盛世”，村民安居乐业、人丁兴旺，乃修祖庙盖祠堂。其后，陆续迁入王氏、张氏，繁衍生息。明清之际，袁家村作坊发达，贸易兴旺，为方圆几十里货物集散地和出入北山要冲。

20世纪70年代以前的人民公社时期，袁家村是有名的“烂杆村”，“地无三尺平，砂石到处见”，“耕地无牛，点灯没油，干活选不出头”。全村37户人，大都居住在破旧、低矮的土坯房里，其中有15户居住在低洼潮湿的地坑窑。1970年，24岁的郭裕禄出任第36任队长。在他的带领下，全村上下大力发展粮食生产，挖坡填沟，平整土地，打井积肥，把503亩靠天吃饭的坡地、小块地变成了平展整齐、旱涝保收的水浇地。粮食亩产从1970年的160斤，逐年提高到246斤、504斤……1650斤，不仅解决了吃饭问题，而且户户有余粮，一举成为全省乃至全国农业战线的一面旗帜。

邹志安听说位于礼泉县烟霞镇的袁家村，第36任队长郭裕禄是个实干家，这个人大公无私，且风趣幽默，有许许多多传奇的故事，决定到礼泉县袁家村长期蹲点，深入生活。他做这个决定时，柳青在长安皇甫13年写出巨著《创业史》，周立波扎根东北解放区写下《暴风骤雨》的案例，在他眼前如电影般显现。他心知，要想在文学创作的道路上，有成绩贡献给这个时代，就必须安安心心地走进农村，扎扎实实地体验生活。

1991年春天，万物复苏，改革开放的春风普照着祖国的大地，兼职礼泉县委副书记的他，背着铺盖走进了袁家村。他不是蜻蜓点水般地采风，而是从心底要在这里安营扎寨了。邹志安与郭裕禄两人的手紧紧拉在一起，在这里一住就是四年。他白天走访群众，晚上记笔记，听多了感人的事件，他的心情就难以平静，在这片神奇的土地上，郭裕禄不是典型的人物原型么，邹志安心里暗暗地想着，要给这个村以文学的形式，写一部大书，歌颂农村变化的书，书写农村农民。每天写着写着，他就忘记了睡觉，写着写着，窗外就泛白。这本书，在邹志安去世后，于1993

年10月，由中国文联出版公司出版，书名为《玉录》。这本书讲述了一个农民政治家艰难奋战、大获全胜的故事，一个贫穷的村子变成中外闻名的共产主义小村的故事。

1980年4月，邹志安的小说《喜剧》刊登于《太原文艺》。

1980年7月10日至20日，《延河》编辑部在太白县召开农村题材短篇小说创作座谈会，参加这个座谈会的有陕西那些年涌现的以写农村生活为主的中青年作家路遥、陈忠实、贾平凹、邹志安等。

1980年7月29日，中国作协西安分会召开农村题材漫谈会。出席会议的有从事农村题材创作的中青年作家陈忠实、贾平凹、邹志安、路遥等。

1981年1月，《延河》1月号为“陕西青年作家小说专号”，推出莫伸、路遥、王晓新、邹志安、陈忠实、王蓬、贾平凹等人的作品。

1981年4月，邹志安的短篇小说《不平静的夜》刊登于《上海文学》(第4期)；5月，短篇小说《爱的乐章》刊登于《延河》(第5期)。

1981年，邹志安的短篇小说《愿我们自重》发表于《飞天》杂志(第3期)。

1981年，短篇小说《叶落归根》发表于《当代》(第6期)。同年，短篇小说发表于《小说月报》(第8期)，同期上榜的还有王金力、徐岳、火笛、顾笑言等人。

1981年，邹志安的散文《黄土》刊登在《延河》(第11期)，仅仅只有900余字的散文，在全国产生了很大影响。后来被江苏、浙江、广东等多家《语文报》选载，陕西师大中文系编入教材，并收在上海出版的《优秀散文选》中，还被香港列入中文初级教材。

1981年10月30日,《文艺报》派阎纲等人来陕召开农村题材创作座谈会，胡采、王汶石、贾平凹、路遥、陈忠实、邹志安等参加。会议发言记录先后在《文艺报》和《延河》(1982年1月号)发表。

1981年12月8日,《延河》举办1980年10月至1981年9月所发表的短篇小说评奖。邹志安的短篇小说《喜悦》获奖。同时，获奖的还有路遥、莫伸、陈忠实、贺抒玉等作家。

1982年2月6日，邹志安参加《延河》优秀短篇小说评奖颁奖大会，并发表获奖感言。

1982年5月,《青年文学》编辑部专刊刊登青年文学创作班学员作品，邹志安的短篇小说《冷娃入党》赫然在列，且还配发了创作谈《为冷娃写“系列篇”》。他在创作谈里说：

我为冷娃写传，完全是在偶然的情况下。那时我有一些生活感受想要表达出来，但还没有主要人物，并且找不到一种较好的表达方式。苦恼日久，我突然想到幼年时的一个伙伴，一个很有趣的胖小伙子，现在还在我们村生活，当过生产队长。我想：让他到我要表达的东西中间去怎么样？我觉得他行，他的性格和那种生活的色调是统一的，于是就“请”他去了。果然还顺手，因为人物和生活都是熟悉的。我幼年的胖伙伴没有做那些事，但我想象得来他能做那些事。这就是《关中冷娃》。发表后就忘淡了。第二年又有一些生活感受要写，又为主要人物和表达形式所苦恼，又突然想起了冷娃，于是有了第二篇《冷娃新传》。我不打算再写了，因为这种带有喜剧色彩的写作不是我喜爱的，不是我的主调。热情的读者对冷娃感兴趣，来信赞助，并帮我出主意说：下边就应该让冷娃入党。我当时想：这个冷家伙怎么能入党呢？一笑置之。后来我了解到农村党组织的一些状况，为一些问题担忧，如：党的宗旨和信仰问题，组织发展问题。并且，我知道了一些新的人物，从他们那里得到启迪。冷娃为什么不可以入党呢？只是薛谋华们不欢迎他。我脸发烧——我冷落和委屈了冷娃，或者……

1982年6月，短篇小说《迷途》发表于《朔方》(第6期)。

1982年8月17日，邹志安给李禾回信，内容如下：

李禾同志：

您好！

来信收到，十分感谢您的关怀。西北、华北部分青年作家座谈会将于9月3日在西安召开，会期12天左右，已经通知了。因此，你们9月中旬的会恐怕不好参加了，平凹、忠实、京夫亦然，请您谅解。你的热情、忠厚，给陕西作者留有深刻的印象。

盼您工作愉快，万事如意！

致

礼！

邹志安

8月17日

王青风还回忆：就在这次座谈会上,《人民文学》副主编葛洛带领崔道怡、前西北地区编辑和他与会。其实，邹志安已在礼泉县他的老家挂职宣传部副部长，在他的撮合下，我们会议一干人专程赴礼泉吃了一顿地道的“羊肉泡馍”，至今回味无穷。

1982年8月29日，邹志安又给李禾回信。李禾作为陕西老乡，再三邀请他和陕西的作家去甘肃参加《飞天》杂志的笔会。

李禾同志：

您好！

省上办《邓选》读书班，我回来后才看到你的三封信。按此说时间，我马上去还不算晚，但回来后带了一个要改的中篇，又不能脱身了。

确确实实欠了你一笔友情债！我深感愧疚。但又想，我们要活的日子还很多，我一定有时间还你这笔债。

向你和编辑部道歉！愿同志们笔会愉快。

以后写信还寄礼泉县文化馆，我还在这儿住，不大去宣传部。

敬礼！

邹志安

8月29日

1982年9月3日至11日，在西安参加中国作家协会召开的西北、华北部分青年作家座谈会。

1982年，短篇小说《窦莉莉》发表于《延河》(第10期)。

1983年，短篇小说《医生丈夫和农民妻子》发表于《山东文学》(第10期)。

1983年，短篇小说《对抗》发表于《山东文学》(第7期)。

1984年12月27日至29日，陕西“笔耕”文学研究组召开座谈会，讨论陕西省近年来30余部中篇小说创作问题。邹志安中篇小说《一个报复事件》在列。

1984年，短篇小说《肖肖》发表于《延河》(第12期)。

1984年，邹志安的中篇小说《棉酚中毒》发表于大型文学刊物《十月》(第1期)，中篇小说栏目，同时发表的还有张承志《北方的河》、陈世旭《天鹅湖畔》、陈冲《历史拒绝眼泪》、陕西作家莫伸的短篇小说《暴风雨》等。这本发黄的杂志，是我从旧书网上淘来的，定价1元的杂志，售价128元。就在1月6日，邹志安给李禾说了自己的家事，还为《飞天》杂志寄去了自己的新作《人选问题》，经查阅，这篇小说未能发表。信件原文如下：

李禾同志：

您好！

我今年的境遇不佳，先是我的妻子棉酚中毒，继而我的小侄子又死于非命；老母年高，又要我侍奉和安慰……因此一年之中，几乎无心创作，所写的几个中篇又都一时发不出去。坏运气几乎都碰在一起了，足见我的前世罪孽深重……又每每觉得对不住你的恳切之念——你再回邀我，我竟一次都不能如约！记得你在一封信中呼喊：邹志安，你在哪里？我为之震撼了。因为你是写给宣传部的，我住在文化馆，加上家里和作协的事情，等看到时日期已过许多——我已记不清楚那时是否给你回了信……

我想甲子年间，否极泰来，我的运气应该会好一下了。《十月》一期发我的中篇《棉酚中毒》，鼓起了我的士气，因而才有现在的《人选问题》送给你，还不知道是好是坏，请你审鉴。

《飞天》的魄力在这里大受称赞。《延河》的人都说《飞天》这回独树一帜，真的要“飞”了。我也为你们高兴。今后如有可能，我将多寄稿子给《飞天》。

唯盼你工作愉快，万事如意！

敬礼！

邹志安

1月6日

写了1月6日的信后，1月22日，邹志安再次给李禾写了封长信，他不但说了家事，而且还说了自己兼任县委副书记期间，工作上发生的不愉快。他是一个直性子的人，愤怒、苦闷，没人能听他的诉说，他只能在信中，给自己尊敬的杂志编辑加老乡，絮絮叨叨地陈述事情的经过。并不是李禾不重视友情，而是他作为乡党，特别重视，而他又作为杂志社的小说编辑，发现一个写作的苗子，或者是正在成长的作家，约稿，约稿，再约稿，这是他的工作和天职所在。

第三节　两次获全国优秀短篇小说奖

王青风曾撰文回忆说：1983年8月，王蒙上任《人民文学》主编，贾平凹发表《商州纪事》，惹了些“麻烦”；当时全国正在整党，清理“三种人”，据传路遥也有些“麻烦”。王蒙说：“你就代表编辑部去看看他俩吧，也代表我。”我记得元旦已过，天气已经很冷，到达西安时，陕西作协书记处书记、《延河》的主编白描骑着摩托车去接站，白描后来调到北京，再后来又调进中国作家协会，做了鲁迅文学院常务副院长。有时我们碰到一起喝酒，说起当时情景，均感慨吁吁。我坐在老兄的摩托车上，“嘟嘟嘟”地一会儿就进到了建国路71号，安排住在大门东旁的一间平房里。我先不说路遥和贾平凹了。我住的房子地当中置一火炉，以它来取暖，在一群新老朋友的寒暄之后，我的火炉开始暖和了。这时，邹志安已经把自己弄成烧火的农夫了，头上沾着从炉眼中喷出的柴灰。第二天，他又从家里拿来一口袋核桃，足有十几斤，他笑着说："没啥好东西，就着炉子烧着吃，就当是耍，挺合适的。"说着，掏烟抽出一支递给我，自己也抽出一支点上，牌子是"黄果树"的。于是，我的小屋就天天有了烧烤核桃的清香，就成了兄弟们整党休息的活动场所了。尤其是西安下了一场大雪之后，我的小屋就倍感暖融融。之后，邹志安发表于1984年的《哦，小公马》和1988年的《支书下台唱大戏》相继获得全国短篇小说奖，名声大噪，跻入全国一流作家之列。

1984年3月，短篇小说《雨丝风片》发表于《人民文学》(第3期)。

1984年10月,《延河》杂志被承包，邹志安担任《延河》编委会委员。

1984年12月28日，邹志安以陕西代表身份赴北京参加中国作家协会第四次会员代表大会。

1984年《北京文学》11月号发表邹志安短篇小说《哦，小公马》，并获得第七届全国优秀短篇小说奖。3月16日，中国作家协会主办的第七届全国优秀短篇小说、第三届全国优秀中篇小说和第三届全国优秀报告文学的评选揭晓，69位作者的65篇作品获奖。本届全国优秀短篇小说评奖委员会主任委员是王蒙、副主任委员是葛洛，委员有王愿坚、邓友梅、阎纲、蒋子龙等15人。

经过评委会无记名投票决定，以得票多少为序，入选的短篇小说有《干草》(宋学武)、《小厂来了个大学生》(陈冲)、《麦客》(邵振国)、《蓝幽幽的峡谷》(白雪林)、《打鱼的和钓鱼的》(金河)、《奶奶的星星》(史铁生)、《六月的话题》(铁凝)、《哦，小公马》(邹志安)、《最后的堑壕》(王中才)、《同船过渡》(映泉)、《姐姐》(张平)、《野狼出没的山谷》(王凤麟)、《危楼记事》(李国文)、《生死之间》(苏叔阳)、《一潭清水》(张炜)、《父亲》(梁晓声)、《白色鸟》(何立伟)、《惊涛》(陈世旭)，共18篇。

自调入陕西省作家协会以来，邹志安进入创作高峰，作品屡次获奖，并有作品获国家级奖项。1981年至1984年，中篇小说、短篇小说等在《文艺报》《十月》《花城》《延河》《云南》《山东文学》《北京文学》《飞天》《中国青年》等报刊发表50余篇。

1985年，中篇小说《大铁门》发表于《文学家》(第1期)，同期还有孙犁散文《耕堂读书记》等。

1985年4月21日至24日，中国作协陕西分会三届二次理事会(扩大)在咸阳召开，选举邹志安为主席团委员。

1985年，短篇小说《樊家母女》发表于《延河》(第

6期）。

1986年，短篇小说《睡着了的南鱼儿》发表于《延河》（第4期）。

1987年2月，邹志安的小说集《哦，小公马》由长江文艺出版社出版发行，印数4000册，定价1.4元，字数156千。包括《傻女子》《打赌》《乡恋》《仲夏夜》《冷娃新传》《喜悦》《爱的乐章》《嫉妒》《凉风习习》《欺骗》《探询》《医生丈夫和农民妻子》《棉酚中毒》《阿凤》《肖肖》《哦，小公马》，共计16篇。作者在《生活笔记（代后记）》里说：

现在是第几遍读《战争与和平》和《红楼梦》？不记得了。只记得有一年各读过两遍，有时间读完了又从头读起，有时两部书一起读。但是每次读完了，遗憾却是相同的：可惜托尔斯泰和曹雪芹都不在了！否则，我一定要去当面问问："你们所写的，是生活中真实的东西吗？"我猜想他们会说："是的，是真实的，或者基本是真实的。"曹雪芹会说："我不是明明白白地说了我所写的是我亲见亲闻的几个女子吗？"托尔斯泰则说："我就是从那样的战场和那样的家庭生活中走过来的。连娜塔莎那种无理的嫉妒，都是我和妻子之间不幸的真实描写……"我不喜欢索隐派，但我总是相信他们会这样说。

他们是如何把生活的真实变成艺术的真实的，这是另外的问题。但是我绝对相信：他们所描写的生活，大部分是他们经历过的，另外一部分是他们听人讲的。假如他们想象，也无非是他们所熟悉的那些人物去做事实上没有做过，然而完全有可能去做的事情罢了。我怎么总有这样的印象？——这两个人就泡在他们所描写的生活中，时而在某一局部流连忘返，时而飞升起来鸟瞰全局，有时竟急切地、热烈而又生动地向你介绍说：这是某某某，他有过这样的经历，他现在的心情是愉悦的抑或是哀痛的……连一棵橡树，或一根竹子，都确确实实长在他们曾经见过的某个地方，他们观察过，或亲手摸过。

因此我总想：他们是天才，也更是地才。想到他们是天才，我觉得不可企及；想到他们更是地才，不独我，所有的人大概都想去试试。

我常常冷静地评价我自己，确信：我一分天才也没有。有时候，我看到别人下去生活了三天，回来就写五篇小说，我敬佩极了。我承认他们有天才，但是我又想：一定是他们花了不少心血，在较短的时间里搜集到较多的生活素材；要不就是，某些东西突然触发了他们，调动了他们从前的生活积累。我曾经一篇一篇地回忆过我的小说，可以一一指出从何处取材，一一指出其中的人物以谁为模特儿。我自知这不是唯一的办法，但我习惯了这样的方法。有时候也杂取许多人，合而为一，但那许多人都是我熟悉或比较熟悉的。我简直编造不出什么东西来，也试图编造过，但没有成功的，硬着头皮去混，难逃编辑的法眼。反之，当我面对生活，去写真实时，我常常十分顺手。我是缺乏想象力吗？我不这样认为。在我摸熟了生活中的某个人物时，在这个人物移植到我的脑海中时，我都可以修饰打扮他。我有时候甚至想：当我写的这个女人是我的妻子时，我将如何跟她相处，黎明时分，她的第一个心思可能是什么……

正因此，我总是在强迫我：赶快到生活中去，生活中有多少你不知道的人和事啊！有多少篇你可以去写的小说啊！去吧，无论时间长与短，我总会有收获。有时候，下去生活一段，似乎一无所获，但不久在另外的地方，与某个人的一场谈话，却给了引爆的火花，似乎一无所获的那一段生活，突然间闪闪生辉，恰像灯光照亮了舞台……

家乡，生我养我的地方。这里有我的父母，有我的妻子儿女，亲朋挚友，也有令我可气可叹的人，也有我童年的足迹，无数美好的记忆。有时在梦境中，总出现那露水闪亮的黎明，出现播种的耧声，春天的柳笛，初夏紫色的苜蓿花，深冬雪封的田野，已故的善良的老人，左邻右舍，赤足的青年伙伴，坐上花轿车而洒下离别热泪的姐妹们……我不喜欢闹市，住三天也心慌不安。我怎么也离不开这一切！离不开，生死也难割舍！

家乡给了我一切：判断是非的标准，活人的原则，衣食住行，各种知识素养，连同思想感情。也许，我不是一个能完全按照党所要求的去做的好党员，但我确信我是家乡人民的亲儿子。有时候，我碰见了一些熟悉的人，他们那么高兴，我知道了他们高兴的原因，由不得想把这些告诉更多的人。有时候，一个人的苦恼或痛楚，令我寝食不安，我不由得要呐喊，为的是解除他们的痛苦。有时候，碰到一个活活波波的人，或一个有意思的人，我总想把他们描摹下来。我总觉得这儿有写不尽的东西，我总觉得我写得太少、太差，总负着家乡人民一笔债。按理，我应该把这里每一个特殊的人物，独特的生活场景，乡土人情，一切值得告诉人们的东西，都写出来。否则，乡亲们在那里流汗，养我坐在洋房里面有什么用呢？

人，多么糟糕！即使一个很有感情又很有理智的人，又多么糟糕！——他有惰性，可怕的惰性！早晨睁开眼，想了想：我再睡睡吧！全世界不知道有多少人还在睡大觉。看到别人打扑克、下棋，嬉笑逗乐，则想：人家也叫生活了一辈子，我也去。聊天，闲扯，读一页《参考》，看半夜电视，日复一日，说什么也不想下去走走。下乡给四角钱补贴吗？不稀罕。既然给补贴，说明那并非乐事。惰性，常常使我坐失许多良机。我常常为此怨恨自己，常常需要坚忍地、残酷地和惰性斗争，而迈出走向生活的一步。当我在生活中有所收获时，我愈益厌恶我的惰性。而当我在机关中舒服地生活了几天时，我马上又有了惰性。人，难道还不够糟糕吗？

据说从前有过硬把作家赶下去，不下去不给开饭的事。错了吗？我认为完全正确。不认真提倡到生活中去，倒是真的错误。多年不讲这个，是文艺界的一大不幸。

写完第四节，想休息一下，读小说《××的夜》。这是表现自我之类的小说。我不反对人家这样写小说，但老是这样写，我不喜欢。怎么这么多这个调调的小说呀！自我有多少好表现的？为什么硬要把自己局限在这里？小说写到后来，作者似乎把自我的丝抽尽了，不知所云。读完了，只有某种意念，再没有别的印象。我想，老坐在桌子跟前表现自我，比之到生活中去认真地观察研究，要轻巧得多。但是，假如你迈开双脚到生活中去，观察研究更多的人，从而使你作品中的人物形象更生动鲜明，内心的理念活动也更具个性化色彩，细节更充实丰富，那将会怎么样？这仅仅是描写手法上的差异吗？离开了人民的喜怒哀乐而一味表现自我，前途不大。

临睡时读小说《××》，似曾相识。大约是看了别人的小说，或有关小说的评论而写的，没有独特的生动的形象，甚至没有一个好的细节，只有不费力气拙劣模拟的痕迹。——你为什么不重视你的生活？你在你的生活中接触到的，开采到的，往往会是独特的，让人觉得新鲜的，因而是最可贵的。也不容易和人撞车。自然，不能局限于自己生活的一隅，应该不断开拓生活面。然而你连你生活的一隅——或者直说就是你生活的那个生产队都不重视，不去深入开掘，让你扩大生活面，你只会游山玩水。游山玩水可以陶冶情趣，写好散文，不容易写好小说。一个生产队就是一个小“国务院”，是非常富有的，不能轻视它。

对艺术创造来说，决不能说有了生活就有了一切，有了生活，还需要走由生活到艺术的艰难的路。但是，没有生活，对艺术创造来说，却什么也不会有。

1986年6月,《北京文学》6月号发表邹志安短篇小说《支书下台唱大戏》。后获中国作家协会1985—1986年度全国优秀短篇小说奖。

就在这年底，86岁的作家冰心先生曾写过一篇文章，叫作《介绍三篇好小说》，后来收在了冰心文集里。冰心老人写道：

看小说是我的享乐，尤其是看好的短篇小说。我认为短篇小说比中篇和长篇小说都难写得好，因为它必须写得简洁、精练、紧凑。我这人一向护“短”，这问题留给大家辩论吧！

第一篇是邹志安的《支书下台唱大戏》(见《北京文学》一九八六年第六期）讲的是戏剧团长郑三保，在剧团穷得没办法下，有本县某村为了支书下台，派人来订戏。这村才有五六十户人家，勉强凑起一百一十元来，钱数虽少，郑三保也高兴得一口气答应了。在喜悦和冲动里，他想这个支书一定干了不少坏事，群众才会庆祝他的下台。到了那个村，他才知道原来这台戏是为了安慰这个被撤职的支书而演唱的！吃惊之下，他先访问了乡党委书记老门。老门说："这戏不能演，支书有问题。"但到底是什么问题，他又查不清。郑三保一口咬定没有查清问题就把人免了是不对的，这戏他一定要演。他一面去遍访了村里的男女老幼，最后去看了支书李润娃本人，他发现李润娃的窑洞里挤满了来安慰他同情他的人，这使郑三保觉得这戏一定要演。他要唱"长坂坡""八义图"，还送一场"卧薪尝胆"。他顶着县文化局和主管文教的县委书记的反对，大声强调文艺要为社会主义服务、为人民服务的道理，气冲冲地让他的剧团人人卖力地在黑压压的人海中把戏演完。

这个短篇写得有声有色，结尾也收得很好。

……

说起来这三个短篇还要读者自己来细看、来欣赏，你们一定会找出其中更逗笑、更巧妙、更精彩、更引人深思的地方。

1987年由中国文联出版公司出版长篇小说：爱情心理探索之一《眼角眉梢都是恨》。

1987年6月，中篇小说集《心旌，为什么飘扬》由陕西人民出版社出版发行。印数3000册，定价1.5元。篇目包括《心旌，为什么飘扬》《乡野》《睡着的南鱼儿》三部。封面题词为著名书法家石宪章。作者还写了后记，全文如下：

收在这个集子里的三个中篇，写作情况极不相同。《乡野》是八一年的作品，起因是：我要给一个农业科学家翻案，便把她的事情先写成报告文学，因为牵连面较广，谁也不发这个报告文学，便在我的心里留下一道遗憾的槽痕。后来我向有关领导写了“要情反映”，又经中青报记者和中央领导的促进，这个人的案翻过来了。那时我听了中央台的广播流泪，为这个农业科学家庆幸；报告文学就可以不再发了，我也就要遗忘这件事了。但那个“槽痕”总使我不安，很快就有了写小说的冲动。八一年写第一稿，至八五年，苦心经营，写了五稿。除了有关事业上的材料取自那报告文学外，别的几乎都成了想象的东西了。读者能够看得出来，在感情和写法上，还全部是我过去的样子，是我一直所崇拜的那些感情与写法的一次较大较集中的表现。就在《乡野》定稿前后，我已经对我的写法有严重不满；那是我看了许多作品，古今中外的反复对照研究，尤其是看了一大批新评论家的评论文章，文学观念有了重大的更新和改变——这是心理蓄势之一。之二是，我一直想写一点农村搞文艺的人尤其是那些可爱的女孩子们的事，掌握了许多材料，但一直未动笔。有一天，一个朋友的老婆向我讲了与《睡着的南鱼儿》的结尾极相似的一个真实而悲惨的故事，我一夜不眠，然后几天心里都沉重不安，于是，完成了《睡着的南鱼儿》的初步构思。在写这部中篇时，我不由自主地尽力把笔触伸向较深的心理层次，我觉得这样干极适合于我的秉性与素质，因而写得极其愉快。但那个对爱情忠贞不二有如我的妹妹那样的南鱼儿，可怜她的恋人对她的不放心正是她的重要死因！我，一向以传统道德的维护者自居，当写到这里时我突然感受到了强大的批判与震撼——余波至今还没有结束……这个中篇在发表之前和发表后，得到《延河》编辑部的朋友和作协的朋友们的较高的评价，尔后又有许多朋友与读者来信给予肯定和鼓舞——也有因而大骂我变了的。但不管怎么样，我觉得我在写作上试走了新的一步。写完南鱼儿不久，我就将一个原本十二万字但被人寄丢了的中篇改写成了现在的三万多字的中篇《心旌，为什么飘摇》。而这个中篇，比之《睡着的南鱼儿》，显然又是对传统道德的一个复归……

不管怎么样，读者一定会比我看得更清楚。我唯一要告诉读者诸君的是：我信任你们，我对你们永远是诚实的，严肃的。

五年前，我虽已是中国作家协会的会员，但还算不得作家，因为那时有必须出一本书才算作家一说。我那时很慌愧，很着急。正是陕西人民出版社几位有远见卓识而富于同情心的编辑和出版工作者，赔钱给我出了第一本书而把我变成流行说法里的作家的。陕西有许多人都被这样变成了作家。——这是终生都不敢忘记的事。自那以后，我又发了不少的短篇，曾和出版社说过将来出一个中短篇集子的事。但时至今日，短篇有了百多个，中篇有了十多部，我却突然改变了主意，想要出一个纯中篇的集子。而且不愿把那十多篇、四五十万字变成砖头厚的一本书，只想挑出我最喜欢的三篇编成薄薄的一本书，献给我最敬重的读者，同时也献给我敬重的陕西人民出版社。我私下以为，我所喜欢的，读者也大致会喜欢。

文学已使我头发早白，面容早衰。——这磨人、缠人的东西啊！但我从不曾后悔，反而有“一夜不见，捧心蹙眉更怜人”之感。经济上、文学上都生气蓬勃的一九八六年，令人欣喜不已，恍若隔世。经验算什么呢？我真想重活一次啊！……

一九八六年七月于礼泉

1988年7月13日至17日，邹志安参加了由中国作协陕西分会、《小说评论》编辑部在宝鸡太白县组织召开的陕西长篇小说研讨会。

1988年8月，邹志安的小说《多情最数男人》由工人出版社出版发行。印数43610册，定价2.6元，字数170千。

1988年，由华岳文艺出版社出版长篇小说：爱情心理探索之二《迷人的少妇》。

1988年2月，《当代作家》发表长篇小说：爱情心理探索之三《女性的骚动》。

1988年8月，由工人出版社出版长篇小说：爱情心理探索之四《多情最数男人》。1989年由台湾风云时代出版公司再版。

1989年3月初，参加省委宣传部、中国作协陕西分会、省文联召开的文艺家兼职深入生活座谈会。邹志安作为几年来深入生活的代表，和陈忠实、路遥、赵熙、莫伸、王宝成、京夫一起参加会议。

1989年3月，由华岳文艺出版社出版爱情心理探索之三，名为《女性的骚动》。

1991年，短篇小说《这人》发表于《上海文学》(第9期)。

1991年,《芒种》创刊35周年专刊上，发表短篇小说《王蓉——1988年记事》。

第四节　病逝与《文学报》发起捐款

1992年5月22日，中国作协陕西分会举行首届“双五”文学奖颁奖大会。路遥、贾平凹获突出贡献奖，陈忠实的中篇小说集《四妹子》、邹志安的长篇小说《多情最数男人》等获优秀作品奖。

1992年至1993年初，虽然跨过了一年年头，但是就在这两个月时间，陕西文坛上失去了两位重量级作家，让人惋惜和伤心。1992年11月17日，中国作协陕西分会副主席、党组成员路遥，因患肝硬化而离开了他的文学事业，享年43岁。1949年12月3日，中华人民共和国刚成立两个月，那时候百废待兴，路遥出生在陕北清涧县一个十口之家的贫困家庭，经常是锅里没有一粒小米。贫困伴随了路遥一生，从事文学创作后，这种情况也并没有改善，即使后来获得了茅盾文学奖的奖金，除了应酬文学界的朋友，就是还债。他一辈子钟爱文学，常常是彻夜写作，在短暂的《人生》里,《早晨从中午开始》。

就在路遥刚刚去世，陕西文学界还没有从阴影里走出来时，邹志安也于1993年1月17日，因为肺癌离开了他敬畏和热恋的文学事业，享年46岁。1月20日举行遗体告别仪式，雷进前主持大会，赵熙致悼词。中国作家协会陕西分会机关及文艺界、邹志安兼职所在地礼泉县领导同志300余人出席。邹志安被安葬在自己的家乡——礼泉县阡东镇西王禹村。

邹志安的不幸病逝，激起了社会各界的巨大同情与深切怀念。《文学报》一位记者采访时闻知此讯潸然泪下，不但当即捐出500元钱以示帮助，并在他们报上发出了为邹志安家属募捐的倡议，《文学报》发起民间组织的募捐活动，筹集资金替作家偿还在世时的债务，为1949年以来文坛所罕见。响应者2000余人，作家和文学团体且不说，还有“百分之八十以上的募捐几乎包括了社会分工中的所有职业层，尤其是那些退休干部、工人和中小学生”。

1993年2月1日，天津《文学自由谈》杂志社的全体同仁给上海《文学报》寄去人民币1000元，并附上了一封信，全文如下：

致《文学报》总编先生

总编先生：

著名作家邹志安不幸病逝，贵报发起募捐，倡议向邹志安家人送去温暖。对贵报之义举，本刊积极响应，现寄上人民币1000元，烦请转交志安同志的家属。

邹志安同志1991年夏初曾给我刊编辑一封信，信中充溢出的真诚与深刻，令人感动和钦佩。本刊是年第3期登载后，引起很大反响。就在这封信中，邹志安谈及商品大潮对文学的冲击，感叹道："也许，自古在艰难困苦中，才出真正的文学。中国早有'艰难困苦，玉汝于成'的话，又说'仲尼厄而作春秋'——他若不'厄'，也没《春秋》这伟大作品了。可见'厄'是必要的，是文学的普遍规律。我当时对此深长思之。"这表明他甘居清贫，为文学事业死而不悔的崇高精神。

这封信中他还说："我其实早就注意《文学自由谈》了，只因没钱订阅，不得常看，偶尔得之，很觉可以从头读到尾。"从那以后，我们逐期向志安同志寄赠刊物，以答谢他对本刊的厚爱和鼓励。

今天，本刊主编冯骥才先生同编辑全体人员聚在一起，重读志安同志的这封来信，无不折服于他的文品与人格，无不痛惜文坛的重大损失，无不陷入深深的悲痛之中。

总编先生，在这悼念志安同志的沉痛时刻，我们企盼通过贵报，敬请全国各位作家朋友，在坚持文学事业的漫漫长途中，注意身体，珍重身体！

《文学自由谈》杂志社全体同仁

1993.2.1天津

天津《文学自由谈》杂志社这封信中，提起邹志安1991年写信给杂志社，我从网上购回了这本杂志，看到了这封信，感动不已。这封信是邹志安1991年6月16日在西安写给杂志社编辑高素凤同志的。全信如下：

高素凤同志：

接到你6月4日的信了。

那次我从礼泉回西安，进门我爱人就说：天津来了个女的，给了你这本书，说让你给她写文章，不写就对不住人，云云。我一看，是《文学自由谈》。爱人又说："她说，是这书里边的两个人中的一个人叫她来的。"我爱人不识字，在两个主编的名字上胡指，我约略猜测到是大冯。

后来我又接到你寄的一本《文学自由谈》。

我一向怕这类文字。我想，那些写得高深的，就让他们高深去，我说一声敬佩，远远地抽了身去，还写我的小说。我把我陷到这高深里边干什么？正如乡下人所说：何必把不疼的指头往磨眼里塞？我一直认为，小说与评论，豇豆一行，茄子一行，各干各的营生就完了。有时互相利用一点，也未为不可。最怕有一等评论，常存了心要把写小说的弄得目瞪口呆，看完了好多天，你都不知道你还敢不敢写小说，失魂落魄一般。写小说的不离评论远一点，还等候什么呢！所以我不敢动评论。

然而写小说的现在也多么不好过哟！

那些有眼色的，早跳出三界外，先发财去了。十万二十万地赚，攒着，肚子里老有油，头儿老抬着，玩得皇上他二爸一样。用这里乡下人的话说：这财发就宿了！以后多少代都是豪门望族了。子孙不愁吃穿，寻工作何用？不高兴了连文学都不玩，什么好玩什么。高兴了，写一点，见猎心喜了就拿几万元设个文学奖，想给谁评就给谁评。

更有被从前那些迂腐的编辑判定了永世进不了文学

圈子的人，突然鹊起，瞅准了机会，纷纷带一包稿子进去，要了账号出来。书是一本一本出的，见人齐送，尤其送给从前的审判者，写上“大兄请正”之类，把老先生气个白瞪眼。——我一篇小稿子都发不了？认识乎？这叫书呢！

而那些既做不了生意，又拉不来赞助的小说家，则就瞎猫守着个死老鼠，活得不怎么潇洒。

我常常看见，有的三年五载写一部小说，然后再花几年时间去跑出版。征订一次三二千册，出版社嫌赔本不出；人情面子所碍，再征订一次，变成一千册了，越发不出；求爷爷告奶奶，大发慈悲再征订一次，变成三二百册了，这回就法儿他妈把法儿弄死了——再没法儿了！于是人脸就变成墨色。跑房子，跑子女工作，跑公共车，直把脚心跑疼。想出去看看，没钱。下乡报不了车费。个个成病号，几百块钱药费却报不了。去年一位老作家住院，因为交不全药费，人家扣着不让出，生气也不行。四十来岁的人，突然就白了许多胡楂，据说这都是肾亏。一个对肾水有特殊研究的老中医说：肾是生命之根本，死人先坏肾；肾为水，其实是人的“底火”，人抽了底火身体就衰败，连冷都怕。可见写小说委实是抽人底火的事业。走大街上，看见那几牙早西瓜，其实早已垂涎三尺，却还要做出清高的样子，把头迈过去，告诉孩子，“那不对节令，没味儿!”早见一二个体青年，大口大口地吃，上边还红得厚厚的就扔了皮，显然没管节令的事……此地有一风趣农民，把人分为十等，搞文学的自然也归入宣传人才，曰:“九等人，搞宣传，隔三岔五解个馋。”

我常常觉得，至今还坚守创作阵地，躬耕垄田，不改初衷的人，多少有点悲壮呢!

但我有时也反驳自己：有什么屈可叫呢！工资拿上，稿费得上，还哪点不足！从前曹雪芹住草棚，酒都没得喝，老婆孩子都没了，还写出了《红楼梦》，谁给他发工资、评职称了？你们至少老婆孩子还在，写出个《绿楼梦》来没有？——这么一问，就自己封了自己口，赶快低了头努力，让胡子继续白去，不再想入非非。

也许，自古在艰难困苦中，才出真正的文学。中国早有“艰难困苦、玉汝于成”的话，又说“仲尼厄而作春秋”——他若不“厄”，也没《春秋》这伟大作品了。可见“厄”是必要的，是文学的普遍规律。我当对此深长思之。

这些都是题外的题外话了，不说也罢，还回到本题来。

我其实早就注意《文学自由谈》了，只因没钱订阅，不得常看。偶尔得之，很觉可以从头看到尾。尤其喜欢王蒙、李国文谈《红楼梦》的文章。王李之文，高出研究文章多多矣，已自成了一门学问，读着是一种享受。别的许多文章，都没有我前边说的那些评论威压，轻松活泼，读来如坐春风。把刊物办成这样，真算一大别致了！

我由此，连同那些给人阅读快感的小说与评论中，常常引出这样的想法：文学是否本来就应该是这个样子？本来就应该是首先带给人愉悦的东西？——也包括那悲壮、哀婉的愉悦。它是这样的东西，给人带来了精神享受，人才愿意看它。阅读的人常有这样的经验：一本书打开才读了几句，就心花怒放，知道自己要有一场高级享受了。——当然不包括那些专门猫儿惹驴球搞性刺激的书。我们也发现，搞文学的作家们，他们也不喜欢看那些通行的书，而抱着金庸连续几个晚上。文学跟体育活动，跟游乐场，跟好烟好酒，对人的吸引力是否基本差不多？都是让人类拍手欢迎的公益事业，说不中听一点，都是人见人爱的好玩意儿。如果首先这么看，是否更合乎实际一点？

若此言不谬，那么，我们有许多文学家是否很早就犯了个小错误呢？他们自视太高，把文学当成高级大字报，当成匡扶社稷的大业，救治众生的灵丹妙药。他们把几篇文章看得不可一世，连人都成了精神贵族。他们一扇扇，叫政治家也糊涂了一下，说：快来给我好好服务。结果发觉把生铜当成金子，一上政治的炉膛就软溜得不能用。这多少有点跟李后主搞政治差不多，都是银样镴枪头。若大家都早把文学看透，只当它是个公益事业，恐怕会少了许多麻烦呢。我有时想，好的政治家，爱交文学家朋友，如唐玄宗之于李白，如列宁之于高尔基。那么好的政治，倒应该常常为文学服点务呢，浇水施肥，捉虫锄草，叫它绿个生生地长，开出大朵的花，供人观赏。

这些话好像离题又太远了点，就此打住。

我就给你回这么封信。你们若愿意，把它当作文章发了也可。总之，爱人老催，我这就好给她回复，说：我给你说的那个女的写了。

问候各位好！

谢谢！

邹志安

1991年6月16日　西安

1993年4月2日，陈忠实给《文学自由谈》的编辑高素凤回信，题目为《黑色的1992》，给高素凤讲述了他对短短两个月时间，陕西文坛失去路遥和邹志安的怀念之情。摘录如下：

素凤同志：

您好。

您二月初的信拖到现在才回复，主要是一种心理因素。您信中所陈述的对路遥早逝的深切痛苦，令人感动。然而您肯定还不了解二月初那时我的心境，几乎无法捉笔和您倾述关于路遥死亡的悲哀。又一个年富力强才华横溢的中年作家邹志安在路遥去世后刚刚两个月也谢世了。路遥死亡的巨大阴影还没有散去，邹志安的悲怆的浓云又覆盖过来，我的心完全被笼罩在一片悲戚之中而无法解脱。您和路、邹仅仅见过一次面而流泪不止，我们几十年在一起该是何等心境……仍然乞望您宽容拖迟复信。

1992，在陕西作家协会是黑色的1992。

1992年春节刚过，邹志安从乡下过完春节回到作协便感到很大不适，到医院检查后怀疑肺上有异物，记得当时在见面时他很不以为然，以为自己根本不会生这种病，我和朋友们都劝他认真查一查。我当时住在乡下，隔一段时间回作协一次，再见到他时已经住院。我劝他到医疗条件好些的省人民医院或医学院附属医院去，他大约考虑到所住医院离作协院子近点，所以固执不去。他的癌变的位置不能手术，据医生说是肺癌中最坏的一种。经过化疗等手段，及至后来转到医学院，都不能达到抑制癌变的预想效果。眼睁睁看着他被冥冥之中的那只无形的黑手扼杀了。

邹志安从一查出病症就令我和朋友们忧虑，谁也知道这种病意味着什么。……

活着的我们所能唯一做的事，就是替两位年青的作家料理后事。他们都是从农村（一个陕北，一个关中）最底层里闯出来，以艰苦卓绝的奋斗精神走上文坛，然而他们从来也没有走向富裕达到小康，常为经济拮据而困扰而自嘲，然而对文学却也从来没有动摇过其坚贞的爱心。路遥无须说了，志安在生前写给《陕西日报》的一篇短文中表示了“不悔”的强硬心愿。他们代表的是陕西一帮作家的共同心愿。我在写给《文学报》主编郦国义同志的一封长信中已详细叙说了关于他们后事安排的情况。他们都有农民父母和兄弟姊妹，我们向省政府专题打了报告，省委都以超出平常文件范围的特批予以解决。我们既不能挽留他们于人世，只得尽力做好后事安排聊表心意，也在于平慰自己的灵魂。

……

早逝的不幸逝去，活着的还在想着文学。

文学这个魔鬼啊！

请您向编辑部诸位关心陕西作家的朋友致意，我深深地代死者感谢你们的爱心。

祝愉快。

致以

敬礼

陈忠实

1993.4.2

1993年10月中国文联出版公司出版了关中异事录之《玉录》。

1994年5月工人出版社出版了邹志安遗作长篇小说《红尘》。

是年，陕西人民出版社将邹志安的作品合集出版了《爱情短篇小说集》之《奇缘》《荒恋》《性悟》《骚动》

《红尘》《迷惘》《情种》等。又相继出版了关中异事录之《神宅》。

1994年6月14日，陈忠实曾经写过一篇《虽九死其犹未悔》的文章，他提起过《文学报》发起的募捐活动，《文学报》主编郦国义先生专门来到西安，送交捐助资金和捐助者名单的事情。陈忠实只想起了八个字：鬼魅无形，读者有情。

邹志安走了，他带着自己狂热般的文学事业去了另一个安静的世界，但是人们都记着他，记着他透支的生命被病魔吞噬过程中，对文学的痴爱精神。

2003年10月，为纪念作家邹志安逝世十周年，陈忠实与咸阳作协同仁和朋友专赴礼泉县阡东镇西王禹村邹志安墓前致悼词。邹志安墓碑是陈忠实书写，他面对墓碑致辞十几分钟，大家与他对面站立。陈忠实怀着悲痛的心情说，我们悼念邹志安，实质是在悼念一种精神。这种精神就是对黄土地，对土命人深深的爱恋；这种精神就是对文学事业执着追求并至死不悔；这种精神将和邹志安的名字一起永垂不朽……

不死的纯文学

（代后记）

纯文学是不是死了？我的答案很肯定，不死。因为对作家来说，只要文字不死，文学就永远赫然存在。近年来，我国每年出版长篇小说近一万部，创作数量和质量都令人振奋。老作家不断推出长篇力作。2018年对文坛来说，是个丰收的日子。当代著名作家颇多的时代，仍然是20世纪50年代出生的前辈们扛着长篇小说这个文学重镇的大旗。在这一年，贾平凹《山本》、张炜《艾约堡秘史》、王安忆《考工记》、梁晓声《人世间》、宗璞《北归记》、叶兆言《刻骨铭心》等长篇小说都跃然上市，受到读者的追捧。

陈忠实的《白鹿原》目前发行数量已经超过200万册，

且已被改编成秦腔、话剧、舞剧、电影、电视剧等多种艺术形式，这在当代文坛上是比较罕见的事情。陈忠实的作品，无论是散文还是小说，都写完了农村日常的形形色色，在属于他家乡的那片白鹿原上，不断坚守和突围着，始终充满了强烈的美感，无论是色彩还是思想，都令人折服和崇敬。我最初读的是他的散文，字里行间表达出来的是真实质朴，深沉灵动，直抒胸臆，在真实生活的基础上表达出了超凡的生命体验和济世情怀。他曾经说过自己对散文的想法。他说，就我自己而言，散文就是一种心灵的独白，心灵对于现实对于历史的一种感悟，需要抒发，需要强辩，需要呜咽，有时候也需要无言的抽泣。感天、感地、感时、感世、感人、感物，总而言之在于一个“感”，有感触有感慨有感悟而需要独白。2016年4月29日，陈忠实因为病痛离开了这个世界，但是他的思想和文学还依然神圣地活在这个世界上，弥坚不摧。这几年来，每当我坐在书房，总觉得他始终在我眼前，慈祥和蔼，满脸褶皱，犹如白鹿原的沟壑，俨然一幅关中山水油画图。他去世后，我所见的画面和记忆始终在脑海里深深地印记着，恐怕是一辈子磨灭不掉了。

贾平凹是我最喜欢的作家。他如父，话语总是不多，但说出来字字珠玑，掷地有声。我每次去拜访他时，我们就你一根我一根地吸着烟，顿时整个屋子就烟雾弥漫开来，氤氲之息就如他的文字一样沁人心田。他是中国文坛的老黄牛和劳动模范，一本本长篇小说书写着，无论是他曾在一场作品研讨会上发言时说“起风了，就多扬几锨”，还是“鸡不下蛋它憋啊”，无不说明了他创作中旺盛的生命力和责任担当啊。他是为数不多的始终用笔来写作的作家，从1973年开始发表第一篇短篇小说《一双袜子》算起，在过去40多年里，有人统计，勤奋高产的贾平凹已经写了1500万字。《山本》已是他创作40多年来的第16部长篇小说。他曾坦言，每次写第一遍初稿的时候，是在豪华的笔记本上写；然后再在稿纸上进行抄改，完成第二遍写作；之后，又从第一个字开始进行第三遍抄改，这样算来，至今抄写过的已达到4500万字。他每次写完一部，就开始养精蓄锐，像一个农民一样，收割完了这茬庄稼，晾晒归仓，又开始平整土地，施肥除草，时刻准备着再“种庄稼”。他的每一次书写，都在创造和创新的道路上寂寞而又孤独地走着，写作终究是一个人的世界啊。

在2015年，我就一直写邹志安，在陕西文坛当代作家群体中，他是永远抹不去的代表人物之一。1993年1月

16日，邹志安因病离开了自己割舍不下的文学事业，落叶归根，埋葬在了自己生活了一辈子的村庄。我每次回家，都路过礼泉，每次路过都会想起邹志安。

故乡是一个人的血地，我们离开了乡村，再返回来看她，或者想起死后还埋在那里的人，我就觉得他还活着，或者我们已经死了，总是和他们在一起经见社会。待我2015年写了几万字后因为工作原因又放下，去年又开始寻找时，电脑已经瘫痪，无法找回，这是我对邹志安的祭奠吗？邹志安生前曾说过，从占有生活这个角度来看，每个人都可能成为作家。他是“嚼着酸菜，喝着苞谷糁子”，用透支的生命写出了短短一生的500万字的作品。他生前曾给一位文学爱好者衷心劝勉：“文学的道路是最为坎坷不平的，她需要灵感，更需要坚忍不拔的毅力。要想有所作为，其唯一的办法就是：多读自己喜爱的书，分析研究，彻底看透它们。而最重要的是，要不间断地研究生活中的真人真事，力争迅速地、较好地将这些题材复制成作品。写出来，再写出来，继续写出来！因为千说万说，最终还是看你写了些什么。一切思想，一切探讨，一切借鉴，一切努力，最后都要从笔尖流露出来，一切都是在写作中完成的。”

20世纪80年代，是中国当代文学史上的黄金时代。当前中国文坛的许多著名作家就是在这个氛围和环境下，如小荷般崭露头角，然后一发而不可收，为全社会贡献了至今还耳熟能详、脍炙人口的作品，这些作品，也会随着时光的轮回而弥久醇厚。

促使我写完这本书，要从2018年初夏说起。有一天晚上，婷婷发来几张微信照片，是80年代的信件，我咣地一下从床上坐了起来，放大了继续认真地辨别。我看完，知道都是真实的事情。感谢李禾老师，他一生作为编辑而为作者做嫁衣，并将这一封封信件收藏了下来，直到2018年去世后，又将这些宝贝交给了自己的儿子李天铎先生。李先生愿意让我以文字的形式把这段历史写出来，了却自己父亲生前的夙愿。也想让更多的人知道，这些不为人知的事情，让更多的人感受到80年代文学的黄金时代，因为那个时候，无论是陈忠实、贾平凹还是邹志安，都是刚刚叩开文坛的大门，就是他们对文学这个神圣事业的不懈坚持，才留给了这个时代最富有的精神食粮。

最后感谢贾平凹老师，陈忠实、邹志安老师的家人，他们逐字逐句地审读，并提出了一些意见和建议。还要感谢广西师范大学出版社文艺分社的罗社长和各位编辑，本书得益于他们的偏爱与斧削，才能与广大读者见面。

我相信，我们赶上了好的时代，我们学习大师，致敬经典。因为我们都在努力奔跑，我们都是追梦人。

代后记。

史鹏钊

2019.1.24晚于曲江